我是女生

Wo Shi
Nüsheng

目录

我是女生

我第一次见你

我是女生

我对你的第一印象

我是女生

我们相识的过程

我是女生

我们相识的过程

我是女生

我们成为朋友的契机

我是女生

我们成为朋友的契机

我是女生

你做过的让我感动的事

我是女生

你做过的让我感动的事

我是女生

你做过的让我感动的事

我们经历过的每一次争执

我是女生

我们经历过的每一次争执

我是女生

我们经历过的每一次争执

我是女生

我们一起做过的所有美好的事

我是女生

我们一起做过的所有美好的事

我是男生

我们一起做过的所有美好的事

我是男生

我们一起做过的所有美好的事

我是男生

我们经历过的每一次争执

我是男生

我们经历过的每一次争执

我是男生

我们经历过的每一次争执

我是男生

你做过的让我感动的事

我是男生

你做过的让我感动的事

我是男生

你做过的让我感动的事

我是男生

我们成为朋友的契机

我是男生

我们成为朋友的契机

我是男生

我们相识的过程

我是
男生

我们相识的过程

我是男生

我对你的第一印象

我是男生

我第一次见你

目录

我是男生

Wo Shi
Nansheng

我们是小淑女

优雅，聪慧，阳光，快乐，甜蜜，
勤奋，包容，恬静，浪漫，唯美，璀璨。
善解人意，才华横溢，从容淡定，
独立有主见，时常感恩，心怀美好。
爱学习，爱阅读，爱幻想，睿智有深度，独具品位。

意林励志 · 小淑女 Mini Miss 荣誉出品

小 MM 品牌书系 · 淑女文学馆 · “女生时代”系列第六季

淑女文学馆

“女生时代”系列第六季

小淑女 Mini Miss 出品

《意林·小淑女》编辑部◎编

现在是女生时代！⑥

白衬衫与荷叶裙

淑女文学馆
"女生时代"系列第六季
Mini Miss 小淑女出品

吉林摄影出版社
·长春·

小淑女 Mini Miss 出品

图书在版编目（CIP）数据

现在是女生时代！. ⑥，白衬衫与荷叶裙 / 《意林·小淑女》编辑部主编.
-- 长春：吉林摄影出版社,2019.6
ISBN 978-7-5498-4091-5

Ⅰ. ①现… Ⅱ. ①意… Ⅲ. ①中国文学—当代文学—作品综合集②短篇小说—小说集—中国—当代 Ⅳ.①I217.1

中国版本图书馆CIP数据核字(2019)第089578号

现在是女生时代！⑥·白衬衫与荷叶裙
Xianzai Shi Nüsheng Shidai⑥ · Bai Chenshan yu Heye Qun

出 版 人　孙洪军
总 策 划　阿　朱
执行策划　彭　彭
责任编辑　王维夏
图书统筹　彭　彭
特约编辑　侯京玮
封面绘图　新　野
书籍装帧　胡静梅
美术编辑　张云丽
作家经纪　卢晓凤
开　　本　700mm×1000mm　1/16
字　　数　310千字
印　　张　12
版　　次　2019年6月第1版
印　　次　2019年6月第1次印刷

出　　版　吉林摄影出版社
发　　行　吉林摄影出版社
地　　址　长春市净月高新技术产业开发区福祉大路龙腾国际大厦A座17楼
　　　　　邮编：130117
电　　话　总编办：0431-81629821
　　　　　发行科：0431-81629829
网　　址　www.jlsycbs.net
经　　销　全国各地新华书店
印　　刷　北京市兆成印刷有限责任公司

书　　号　ISBN 978-7-5498-4091-5　　　　**定价：**32.80元

目 录

CONTENTS

强档星笔会

人气小编变身全能作家，

打造浪漫迷人的中篇小说

文◎赫连湘歌
图◎虚镜游灵
偏偏"讨厌"你

楔子

狗粮吃吗？糖味

大家好，我是你们的小仙女赫连湘歌。

觉得我是来做自我介绍的吗？不，我是来控诉的！

昨天我第一百零八次在微博收到私信：**湘歌姐，夏飞和小西什么时候结婚呀？我很期待哦！**

等等，你给我私信问别人的事儿觉得我会回答你吗？等等，他俩什么时候在一起了？

不只我个人出现这种情况，全编辑部上下每个人都被问过类似问题。而处在绯闻风暴中心的两个人却显得分外淡定，非但没有一次正面解答疑问，还总是表现出一种“太红了是我们的错吗”的欠扁态度。

“哎呀，肥猫，再遇到这种情况你就随便解释一下，”莫小西总是用相同的话搪塞我，“不然就别理了，没事儿。”

而夏飞就更过分了：“找我干吗？跟我有什么关系。”

哦，敢情他的绯闻就跟他没关系了？他要真的没做什么，读者为什么就对他和莫小西这么来劲儿呢？读者怎么不站一下夏飞和我……当然，我会亲自杜绝这种可能性。

“这样下去不是个办法。要么你跟莫小西就近在一起算了，要么你就发个声明，明明白白地说你俩没关系，”我实在忍无可忍，“否则你可别怪我来硬的。”

“怎么个来法？”夏飞倒来兴致了。

“你别忘了，编辑部可不止你一个人能写书。”我笑眯眯地在他面前握了握拳，“哪天把我惹毛了，我就把你和莫小西卖了——把你们那些明撕暗秀的操作公之于众，哟，到时候在大家面前‘公开处刑’，你可别哭着求我。”

夏飞不为所动：“你没这个机会。”

“话可别说得这么满。”我指指自己的脸颊，“到时候就算你哭着求我，我也不会心软的。”

话真的不能说得太满，不然不晓得什么时候就会被雷劈。

机会很快就来了——《女生时代6》的策划会上，我向阿朱姐据理力争：“既然读者们都想看夏飞和莫小西的故事，那不如就借此机会写写他俩的事，以前杂志上那些零零散散的片段大概不能满足读者的胃口，这次就让大家一次性吃到饱！”

呃，一次性吃“狗粮”吃到饱……

毫无意外地，我跟阿朱姐一拍即合。

“你说得对，我也早看他俩不顺眼……”阿朱姐差点儿说漏了嘴，“啊，那个，是应该多重视一下读者的需求，那么这次的重任就交给湘歌了，好好写！”

“没问题的，阿朱姐，我保证圆满完成任务！”

至于那两个当事人的意见……

不需要过问，不需要考虑，先前我就说了，哭着求我我也不会理的，从现在开始我就是一个没有感情的写作机器。

不过，为什么大家那么喜欢夏飞和莫小西？

或许这源于人人都喜欢把针锋相对的两样东西凑到一起，比如水和火，雨和风，山花和海树，大陆和长空，再比如——

夏飞和莫小西。

第一章
作为一名清洁工，您不觉得您有点儿傲娇吗

1

莫小西今天出门前没看皇历。

这是她犯的最低级的错误，她头天晚上敷了面膜，早上六点准时睁眼，洗漱、化妆、造型一条龙，还抽空吊了吊嗓子。但不管准备得多充分，都架不住她的皇历显示今天不宜出行——

造孽啊！

在莫小西被狗追得满街跑时，她不禁这样想。

如果世上每一个狗主人都能自觉给狗拴绳，就会减少很多像她这样无辜受害的花季少女。那条萨摩耶，目测屁股比她腰都粗，在她刚走出小区门口时，就撒了欢似的冲她奔来。

这是为什么呢？难道就因为她穿了条红裙子吗？莫小西没告诉过别人，她以前被狗咬过，她怕大型犬。她在狂奔途中还四下寻摸了一圈，别说狗主人了，连个能救命的人都没有。

她，二十几年的“体育废”，是跑不过一条癫狂中的狗的。

果然没过多久，莫小西惊恐地转过头，那个扑上来的庞然大物害她两眼一黑，脚一软，便绊在街边的马路牙子上，直挺挺扑倒在雨后的水坑里。

“汪！”

好啊！初秋的雨水，真是凉啊！

“真对不起。”姗姗来迟的狗主人按住他“儿子”的狗头，不好意思道，“可能你长得太漂亮了，它想跟你玩。”

它想玩儿，我想哭！莫小西狼狈地从水坑里站起身，抖抖腿，打心里冷笑一声。她舔了舔后槽牙，低头看向自己“红变花”的裙子，泥点绷得相当别致。这要是放平时她估计会缠着狗主人要个说法，但今天，

她没空！

她提前充分准备是为了什么？为了今天的重要面试。

作为刚刚踏入社会的毕业生小菜鸟，莫小西有幸通过了她心仪公司的网络审核，面试一触即发，上岗胜利在望——这是她人生中至关重要的一环，绝对不能出错。

看见她手里的“四十米大刀”了吗？她要是因为“衣冠不整”被刷下面试，她就回来把这条萨摩耶的毛全剃光！

没时间再计较，莫小西冲萨摩耶瞪圆眼睛以示警告，提起裙角往公交车站狂奔。

不过屋漏偏逢连夜雨，还真应了这句俗话了。她眼看着没赶上的公交车示威似的小鸣了一下喇叭，从她面前一溜烟开过，让她吃了一嘴土。

过分！莫小西攥着裙角的手微微颤抖，她扯着笑容告诉自己，稳住，你可以的。

公交十分钟才来一趟，她低头看了眼时间，机智地打算先倒段地铁，应该还来得及。她边盘算着边往地铁站跑，却没注意脚下的石子，当当正正地踩住滑了一下。

人会连续倒霉吗？莫小西用亲身经历告诉你，会的。

“姑娘，你没事儿吧？”大概是她这模样真是太惨了，身上要再溅点儿血，就能直接转送医院ICU（重症监护室）。地铁口扫地的大爷对她投来同情的目光，还好心地把崴了脚的她送进了地铁站。

大爷临走的时候说：“姑娘啊，你还年轻，不就失恋吗？有啥大不了的！”

不是，大爷，您都脑补了些啥？

莫小西走进地铁的时候甚至被人让了个座，她坐在那里两眼一黑，深刻反思。

不过她并没有多少时间用来反思，到达公司的时间恰好卡在迟到的边缘，虽然十分狼狈，但好在是及时到了，这给了莫小西一丝安慰。

2

“厕所在电梯左手边直走五米。”

“不是，我是来面试的。”

莫小西尽可能地扬起一个甜美的笑容，顺便递出了简历，在HR（人力资源管理）震惊的眼神中被按顺序安排着等待面试。

瞧瞧前面排队的女孩们，一个个花枝招展的，是要进去选美吗？腹诽的同时她大概忘了是谁提前一个小时早起化妆了。

莫小西不担心，不惶恐，只有一些小紧张。毕竟她简历漂亮，有真才实学，何况她看上的公司，肯定不会以貌取人，顶多扣点儿印象分……吧？

算了，她不想了，她不想给自己脑补任何结局！

但好在，最终的情况不似她想象的那么糟糕——“你好，我是词词，”面试官小姐姐人美声甜，眼睛一眨，就轻易抚平了她的紧张，“不要担心，我们就聊聊天儿。”

看啊，漂亮小姐姐非但没嫌弃她，还冲她笑了！感天动地。

接下来的半个小时“聊天儿”里，莫小西给自己打了八分。扣掉了一分，因为她注意到词词一直在看她裙子上的泥点，再扣掉一分，怕自己膨胀。

最后词词按开手机瞅了下时间，开心道：“那就聊到这里，恭喜你成为小MM编辑部的一员，未来大家一起努力吧！”

因为没经验，起初莫小西还有些愣神儿。直到她意识到自己大约是顺利闯过面试后，才开心地回握住词词的手，绽开一个甜甜的笑：感谢她超凡的心理素质，努力，她一定努力！

也许是先前紧紧绷着一根弦，现在面试尘埃落定，她才晓得泻火。她大脑放空，神情恍惚、一瘸一拐地往门口踱步，掏出面巾纸无意识地擦着裙角的泥，紧接着就听“咣当”一声巨响——

她整个人直接拍在编辑部的玻璃门板上，撞得脑门都跟着一起嗡嗡响。恍恍惚惚不看路，还真就怪不着人家的门板是玻璃的。

莫小西从门板上滑下来，龇牙咧嘴地揉着脑门。走廊外飘过一道影子，脚步随着巨响趔趄了一下，顿了顿，又不动声色地退了回来。莫小西抬头就看见这个盯着自己的年轻男人。

身量普通高，胜在身条端正，穿着墨绿色的工装衬衫，左手提着垃圾桶，右手一把扫帚。

面对这位唯一看到她出糗的清洁工，莫小西有点儿尴尬。为了掩饰尴尬，她踏出门槛，吸了吸鼻子，友好地微笑着从年轻清洁工身边走过去，随手就把手里刚蹭过泥的废纸丢进对方的垃圾桶，动作如行云流水，一气呵成：“啊，嘿嘿，大哥你辛苦啦，谢谢呀。”

再您的见！

莫小西提着裙角拖着不灵便的腿走远了，留下电梯“叮”的一声响。

词词走出办公室上厕所，看见男人一言难尽地愣在门口，拍拍他的后背吓了他一下：“喂，你戳着发什么愣啊，见鬼了？”

“还真是见鬼了。”

欧阳夏飞来编辑部这么长时间，还真就没见过如此奇葩的女生。

堂而皇之地撞门玻璃也就算了，整个人像刚从荒山野岭爬出来似的，更让他难以忍受的是这个——

他屏气盯着垃圾桶里的废纸团，脸上的表情变幻莫测。

大大咧咧、自来熟、没礼貌、脏兮兮……简直是他讨厌的女生特质集大成！

3

Offer（录用通知）发来得很快，莫小西也没什么要准备的，遂约定好下周一就直接来编辑部上岗报到。回家进了小区偏巧又遇见了那条萨摩耶，这回狗主人老老实实地牵了绳，见到她还下意识地抖了一下。

“真乖，”莫小西心情极好地拍了拍狗头，“养得挺壮，伙食不错吧？”

狗主人含糊应了一声，赶紧一扯绳子将狗扯走。姑娘，你理智些，杀狗可是犯法的！

都说祸福相依，莫小西原谅了狗，原谅了水洼，原谅了公交屁股后冒的烟，原谅了害她崴脚的石头子，大爱无疆。

她在日历上记下了这传奇的一天，不过要是以后她回头再看，心境可能会有所不同。

这天确实挺传奇的，不单“奇”在她在一天之内经历了人生的大起大落，更“奇”在她遇见了那个假如她不辞职，或者他不辞职，就会阴魂不散于她整个职业生涯的传奇男子——

“扫地君？”

两天后，当莫小西以新晋小编的身份正式站在编辑部的玻璃门前时，突然有种做噩梦的感觉。

比起眼前这张脸，让莫小西瞬间认出他的契机是他身上那种压迫性的气场，还有那毫不掩饰的嫌弃眼神，要不是她当真不认识他，她都怀疑自己借了对方高利贷。

这次他倒没穿工装，手里也没拿扫帚，清爽的白衬衫整齐地扎在裤腰里。只是在走廊晦暗的光线衬托下，脸黑得跟上次如出一辙。出镜率这么高，莫小西估摸这人是编辑部的官方保洁。

年纪轻轻就出来干保洁，挺不容易的……想及此处，莫小西再次友好地笑道：“还没上工啊？我是新来的，咱俩应该也算是同事……辛苦你啦，扫地君！”

天地良心，她叫他“扫地君”只是为了表示亲切，真的没有乱起绰号的意思。那他这么生气干吗？

“我叫欧阳夏飞。”

扫地君好半晌才说话，简单六个字，像从牙齿缝里挤出来的。

这保洁的名字好……好长啊。

“你好你好，我是莫小西！”

扫地君从鼻子里微妙地挤出一声“哼”，再没搭理她，转身推门走进编辑部。

作为一名清洁工，您不觉得您有点儿傲娇吗？

莫小西压根不明白自己哪儿惹到他了，可能他本身就这脾气，她倒没多在意，自然地跟在他后面走了进去。编辑部里有两扇极大的落地窗，上午的阳光暖融和煦，从透明玻璃外铺天盖地洒进来。

这是个极其美妙的新世界。莫小西想。

假如她没注意到扫地君一屁股径直坐到工位上，这种美妙感可能会持续得更长一点儿。

“来来来，大家都安静一下，编辑部来新妹子了！”

莫小西记得，那个人美声甜的面试官小姐姐，词词，从工位上站起身，对着大家拍了拍手：“Fairy醒一醒，都几点了，起床搬砖！还有湘歌，住嘴，满屋子炸鸡味儿！”

编辑部是个圈儿，莫小西眼看着词词从门口顺时针挨个点名一圈——这是某种仪式吗？

叫Fairy的小编是个短发女生，听到召唤后扬起下巴，睡眼惺忪地看向莫小西：“得，又来个美少女，阴盛阳衰的氛围日益浓烈……”

“咳咳，”词词赶紧打断她，“以后小西就是咱们编辑部的一分子了，大家多关照关照，尤其是你，”词词抬脚踢了一下旁边的椅子，“从进来就拉着脸，别给我们掉价啊！”

扫地君？

不，好像不是。

莫小西深刻意识到自己犯了个错误，当欧阳夏飞站起身，微微俯身盯着她的时候。他站在太阳下，周身笼了一层光晕，看不大清楚表情。

“认识过了。”夏飞的声音有些低，挑起唇角似笑非笑，“刚才没来得及回应你，很高兴跟你成为同事……多多关照。”

莫小西不知道他以后能不能关照她，可他看起来一点儿都不高兴！应了那句真理，骑白马的不一定是王子，也有可能是唐僧。所以拿扫帚的不一定是清洁工，他还有可能是个男编辑。

要是一切能重来，莫小西一定会制止当时自己那只拿着废纸的手；要是一切能重来，她大概也想封住自己乱搭讪的嘴；要是一切能重来，她……应该怪夏飞，没事儿一副工装style（风格）！

就这样，菜鸟小编莫小西在上岗……哦，不，面试那一天，就因为眼瞎心盲，把编辑部唯一的男性前辈给得罪了。

莫小西很绝望，并且不知所措。后来在得知自己被词词分配给夏飞当“徒弟”之后，这种绝望达到了最大值。

“我能申请换个师父吗？”

从莫小西别别扭扭的只言片语里窥见事实真相的词词安抚地拍了拍她的后背：“没事的，误会一场，都怪我们平时总压榨他，逼他帮我们收拾卫生，你这‘扫地君’也不算叫错。”

“那他记仇怎么办？”

“放心，他这人不记仇……应该不记仇……吧？”

“……”

“何况夏飞虽然看着不正经，业务能力很强的！他会是个好师父的，你跟着他学，肯定进步神速！”

莫小西信了词词的邪。

其实不光是莫小西，对于这样的安排，扫地君……夏飞君也颇有微词。

“编辑部里没别人能带了？”男生敲了会儿键盘，默不作声地对着电脑屏幕翻了翻眼睛，“你们都在吃干饭吗？干吗塞给我？”

“话别说得那么难听，”词词咋舌，“其他人要么是手下有人了，要么是太嫩带不了，你是最合适的人选，万中无一！更何况人家妹妹挺优秀的，就你老挑三拣四。”

“优秀？真没看出来。”夏飞的眼睛终于离开电脑，双臂一抱往椅背靠了靠，“我看她资质平庸得很，我可能带不出来，让她另请高明吧。”

“欧阳夏飞！”词词有点儿生气了，“你过分了啊，小西哪儿惹到你了？”

男生怔了怔，犹豫片刻还是没说。她倒不算惹到他，只是他单纯地……看她不太顺眼罢了。

在欧阳夏飞一贯的社交原则里，“第一印象”占了很重要的地位。很明显，莫小西那一系列神奇的操作导致他对她的第一印象并不好。

至于他能不能摘掉偏见，正视莫小西美丽的灵魂，按照夏飞自己的话说——他需要很长一段时间才能参透。

4

莫小西深刻意识到现状的艰难。

先前她试图改变现状，虽然失败却也让她明白，既然爬不出坑，也不能让人填把土把自己就地埋了——她懂得适者生存的道理，她就是这么个能屈能伸的少女。

为了生存，她决心向上级势力低头。从哪儿跌倒就要从哪儿爬起，入职后她主动承包了编辑部的打扫工作。虽然大家都善良地表示不需要她帮忙，交给夏飞一个人就可以了，但她就是无法说服自己心安理得，于是在某次午休时，夏飞提着扫帚要往她工位下面戳时，她及时阻止了他。

“不用了，师……”莫小西扒着扫帚杆，想了一下还是改口，“夏飞，谢谢，我自己来就行。”

“那你自己扫吧。”对方倒是挺干脆。

这跟想象的有点儿不一样啊。莫小西口水卡在嗓子眼儿：“咳，毕竟我是你的徒弟，师父干活徒弟总不好干看着，这样吧，以后我跟你一起打扫吧，还能锻炼锻炼身体！”

出于礼貌，夏飞把他即将脱口而出的“谄媚”两个字咽了回去：“受苦受难一起扛，你当是西天取经呢？”

“没有没有，你又不是唐僧。”莫小西说话的声音越来越小，到最后变成了嘀咕。夏飞怼人的意图很明显，但她本身没有恶意，平白被人怼，心里多多少少不平衡。她有些泄气，看来坑底的生存之路，任重而道远啊。

夏飞很敏锐地捕捉到女生轻微的叹气，眼珠转了转，心虚地摸了摸鼻尖。他扫了一眼编辑部那群人，都在各忙各的，神经大条到没一个人注意到他们之间微妙的小尴尬。他是毒舌惯了，她们也听惯了，早就锻炼得跟钢铁侠似的，无坚不摧。

这姑娘的承受力不会这么差吧？他话说得也没怎么过分。不对啊，那他心虚什么？夏飞试图忽略他因那一点儿心虚而产生的慌乱，不再搭理莫小西，拎着扫帚转身出去了。

莫小西松了口气，刚把椅子推回原位，胳膊就被人扯住。

“走，一起吃饭去，”扯住她的女生身材微胖，眉眼弯弯的，笑起来有种牛奶混合麦芽糖的暖甜味道，“我发现了一家特别好吃的店。”

莫小西记忆力不错，她记得这位小编叫湘歌。或许是女生之间先天有交友雷达，虽然刚刚上岗，也谈不上熟识，但莫小西就是觉得跟她交流舒适而轻松，没有面对夏飞时的压迫感。

想到夏飞，她又颓了。她要是有对兔子耳朵，现在肯定无精打采地耷拉着。湘歌察觉到她的奇怪，问道：“怎么了小西，饭菜不合胃口？”

莫小西不想吱声。岂止饭菜不合胃口，她简直失去了味觉！

“夏飞惹你生气了？”湘歌又问。

不是，她什么都没说，这结论咋得出来的？既然人家都一击命中她的穴了，那她也不好再扭扭捏捏。莫小西瞬间垮下脸，露出一个湿漉漉的委屈眼神：“我是不是真的特别讨人厌啊？”

“你千万别多想，夏飞这人就那毛病，”湘歌拍着莫小西的后背安慰，“试问全编辑部谁没被他毒舌过？但他没坏心的，嘴贱心软，多相处相处你就知道了。”

“他怼你们，你们不反击？”莫小西张了张嘴。

“反击他？他会用十倍吐槽再给你还回来。”湘歌摇了摇头，“他毒舌的时候你只听着，左耳进右耳出，别走心。”

应对毒舌与傲娇的三大法宝——嗯、好的、知道了。

“但……偶尔还是会觉得不平衡吧？”

“不平衡好说，从别的地方找补回来就行了，”湘歌鼓着嘴巴，无辜地眨眨眼，“比如让他给我们打扫卫生。”

厉害啊。莫小西觉得她还是太年轻，还有很多东西需要学习。

美食和闺蜜都是人类之光，在填饱肚子、八卦闲谈过后，莫小西的委屈和怨气已经消得差不多了。等她蹦蹦跳跳地回到办公室，赫然发现自己的工位已经整洁如新。她一时没反应过来，双手扒着隔板，看向她旁边工位上的夏飞：“是你……”

“嗯。”

“为什么啊？”糟糕，一不小心把心里话问出口了。

旁边的夏飞沉默片刻，僵硬地转过脖子，悠悠道：“心地善良。”

莫小西的脸蓦地红了。她伸手掐了几下自己的喉咙口，安静地坐回椅子，内心情绪在感动与尴尬间反复横跳。他还在两人中间摆了一台加湿香薰机，葡萄柚的清爽香味萦绕在空气里，挣扎中的莫小西终究还是被小感动占据了主情绪：“谢谢你。”

声音轻轻的，但足够飘进旁边人的耳朵。

就算不得理也不饶人，但到了关键时候还是会身体力行，果真是嘴硬心……

“傻乐什么，干活，我给你发了五个文档，快点接收。”

莫小西的凳子被人踹了一脚，彻底回神。得了，当她没说。

5

莫小西最近有意在观察夏飞。不是她变态，她这是为了自己未来的幸福着想——别想多，不是那个幸福，想要深入敌人内部并成功化敌为友，至少要了解一下敌人的习惯和喜好嘛，这是她从谍战片里学来的。

他上班很少迟到，同样，他也基本不加班。做编辑这一行，加班熬夜是常有的事儿，但夏飞总是准点拎包走人，往往他前一秒还在监督莫小西的某样工作，下一秒她去茶水间接个水的工夫，人没了。

“他是着急下班约会吗？”

“怎么可能！”也准备下班的Fairy扣上棒球帽，把背包往后面帅气地一甩，忍不住插嘴道，“他跟女生约会，不如跟机器猫！”

“机器猫？”莫小西的探测雷达开启，“他喜欢机器猫吗？”

她有点儿难以想象，在欧阳夏飞那张冷静又傲气的皮囊下，隐藏着一颗喜欢圆滚滚的蓝胖子的心，果然不正经……啊，有童心。

“妹妹，你对夏飞太关注了吧？”Fairy刚走出门口，又八卦兮兮地折了回来，“关注他没前途，你不如关注关注我。”

“我是对他挺关注的。”莫小西没想到自己竟然毫无防备地承认了。

“哦？”Fairy挑了挑眉。

“我挺想知道他喜欢什么的，”莫小西抿着嘴，下巴拄在书上，义正词严地说道，“我就是想贿赂他，对。”

“喂！”Fairy一把奔过来捂住她的嘴，“我们编辑部可没有这种风气，我们能做的就是做好自己，不拿别人一针一线！”

莫小西咂吧咂吧嘴，想说点儿什么。

Fairy把手拿下来，手指着她，正色补充道：“就是拿了，也不能说。”

莫小西笑呵呵地把想说的话咽了回去。

第二天夏飞桌子上出现一套机器猫的手工制作玩具屋。他对着那套东西摆弄半天，又面向大伙问了好几次是谁送的，没人理他。

后来莫小西实在有点儿看不下去，仰头望天花板：“可能读者送的吧。”

夏飞停下摆弄的手，煞有介事地瞥了莫小西一眼。

虽然过程稍稍惊悚了些，但结局有惊无险，效果还不错，夏飞大概很满意，当天晚上就叮叮咣咣把屋子拼完了，还破天荒地拍了个照，发了一条朋友圈。

莫小西先是例行给他点了个赞，又磨叽十来分钟，好不容易憋出一句评论：你为什么喜欢机器猫？

五分钟后，她开始觉得有点儿不妥。哪来那么多为什么，百科全书吗？喜欢就是喜欢，还非要问出个理由，事儿多！

她很后悔，想把评论删除。但是删除了会显得她更加此地无银，她只能任由自己那条评论僵硬地在夏飞的朋友圈挂着，再眼瞅着夏飞跳过她的评论，回复了编辑部的余下所有人。

这人故意的吧？

是的，他是故意的。

6

隔日精气神很好的夏飞上班后，发现精气神很不好的莫小西正对着电脑打瞌睡。

他颔首，不易察觉地抿住微扬的嘴角，扯过桌上的便利贴写了几段，“啪”地拍到莫小西脑门上：“这是你今天的工作，认真看，别漏了。”

干什么？粉底很贵的！莫小西拍拍额头，看着那一堆明晃晃的职业字眼，有点儿犯愁。

她还不太熟悉流程，又暂时不敢当面问夏飞，只能等大伙都投入工作后，在QQ（即时通信软件）上“不耻下问”。她是这么想的，文字形态的“怼”，至少比口头硬怼来得容易接受。

果然，夏飞先像例行公事似的损了她两句，之后噼里啪啦给她回了好多解答。莫小西仔细看了看，还挺好懂的，清晰明了。

于是她满怀敬意地给他回了一句：谢谢夏飞师父（括弧笑）。

右边那人好像嗓子卡了一下：叫名字就别喊师父了吧。

莫小西：好的（斜眼笑）。

本来以为这次聊天就告一段落了，没想到五分钟后对方又回了一句：你想知道我为什么喜欢哆啦A梦吗？

莫小西觉得他这思维跳跃得很奇特，还是乖乖说道：想。

因为在身边的笨蛋需要帮助的时候，他总能伸出圆手（援手）。（附机器猫伸出圆手的表情包）

好，好冷啊……对，她就当他脑子发昏在讲冷笑话，也绝对不承认他在变相地骂她是个笨蛋！

被夏飞那诡异的解释一直冷到下班，莫小西起身时不小心踹到脚边的垃圾桶，发现垃圾快堆满了，便要习惯性地拎出去倒，差点儿被夏飞伸出来的一条腿绊倒。

莫小西不爽地偷偷咂了下嘴，显摆你腿长啊？

“新人在试用期时最好随手帮老员工做做琐事，比如打印资料，或者倒倒垃圾，”夏飞用笔尖敲了敲他的垃圾桶，抬眼认真地看向莫小西，“这会提升别人对你的好感度，这点儿职场小经验，别告诉我你不知道。”

“啊？”莫小西还真不知道。她环视了一圈，发现大家都在埋头工作，心里开始忐忑，生怕自己再犯错误。

她俯下身贴在夏飞耳边，紧张兮兮地下定决心：“那我需要帮大家倒垃圾吗？就从今晚开始。”

“没事，她们神经都粗得跟麻绳似的，你帮我倒就行。”夏飞真诚地建议。

莫小西这垃圾一倒就是俩月，一直持续到她转正。

夏飞还是有一件事说对了，编辑部的女编们神经都粗得跟麻绳似的，她帮别人倒了俩月的垃圾桶，居然没有一个人发现，还是在转正那天，莫小西心情很好地拎着两个垃圾桶转圈圈，差点儿撞上进门的词词——

“你这不是忽悠人吗？”词词又好笑又无语，“什么提升别人好感度啊，我们编辑部可没这规矩，让人家姑娘白给你倒了俩月垃圾桶，你安的什么心啊？”

“好心啊。”夏飞摊手，耸耸肩，“徒弟给师父倒个垃圾怎么了？”

“歪理！”

“而且她不是也倒得挺愉快吗？随手的事儿。”

词词眯了眯眼睛，扬起一个假笑，像只小狐狸：“我看你就是看小西不顺眼，非要找机会整她吧？”

“我才没那么无聊。”夏飞顿了顿，又说，“不算不顺眼，她……业务能力还行吧。”

从刚见面时的不满，他们以师徒的关系相处到她试用期结束。他嘴上不说，但是心里已经渐渐承认了，莫小西对待工作的态度非常认真，业务水平虽然还不成熟，但爆发出的能力却不弱，嗯，他勉强理解了当初词词会录用她的原因。

“并且偶尔还是有点儿可爱的……咳咳，只有一点点。”

“等等，我没听错吧，你夸小西了？”词词不会放过任何一个揶揄自己这位工作好拍档的机会，“听到你夸人可真不容易啊。”

“我没夸，我只陈述客观事实。”

“我发现你这人就是别扭，”词词露出一副难以忍受的表情，“既然你已经对小西没意见了，干吗还要忽悠人家帮你倒垃圾！”

忽悠她?

夏飞还真的认真思考了三秒，笑了两声。他也不知道为什么，可能是逗她好玩儿吧。

7

莫小西今年的生日是在编辑部过的。

人长大了之后对过生日就有种爱恨交加的矛盾心理，毕竟预示着自己又老了一岁，要不是采购部例行统计本月过生日的员工人数，她原本打算自己偷偷摸摸混过去的。

在女编们向她打听想要什么礼物时，她非常实诚地回道：“漂亮裙子和口红。”

不出意外，该回答独得夏飞一个字吐槽：“俗。”

开玩笑，她一个年华正好的少女，爱美是天性好吧!

“那你们男生都喜欢鞋，不也一样俗？”

好样的莫小西，有进步，你已经敢反怼夏飞了！这拨反击她给自己满分。

果然还是女生更懂女生，莫小西这个美妙的生日，不仅收到来自公司关爱的超大蛋糕，还从众女编那里收获了不少她不舍得收入荷包的宝贝，啊！这条裙子可是当季新款，啊，那只枫叶红的口红她看上好久了……

只除了一个例外。

“这是个啥？”莫小西诧异地看着工位下挡住她椅子的一只抽屉

柜，把蛋糕放在上面，问夏飞，“你定做的？”她用手指摸了摸柜子被磕掉的一角，“现在都流行这种做旧款吗？”

夏飞迅速翻了她一眼：“这是给你的。”

莫小西消化了半分钟才反应过来：“你送我这个破柜子当生日礼物？”

夏飞挑了挑下巴：“你不是老抱怨自己缺个柜子吗？我就把自己不用的这个送你了，大恩不言谢。”

对比女编们送的那些精致的什物，这个柜子倒显得蛮实用的……但是也太破了吧！就不能定做个新的吗？

莫小西脑子里闪过无数条吐槽后，还是踌躇着把柜子推进了工位下面。算了，凑合用吧，有总比没有强，他有这份心就很好，礼轻情意重……

夏飞表面佯装淡定，实际上一直在偷偷观察莫小西的表情。

她噘着嘴，脸颊鼓鼓的，一副想骂人又没法骂出口的样子——偶尔还会用不满的眼神瞥他，又怕被他发现，畏首畏尾、不服不忿的模样活像只鹌鹑。

“哧……”

看吧，他笑了，他笑了！

莫小西暗中瞥了旁边半天，眼睛都快瞪酸了，等的就是这一刻。她就猜到了，外黑心也黑的欧阳夏飞老师，怎么可能单纯地只送她个破柜子！

莫小西猛拍大腿，抽出键盘，在百度栏上敲下“送柜子是什么意思”几个大字。

后来莫小西在看到多半的答案都是“早生贵子”之后，意识到自己可能对夏飞有什么误解。

夏飞梦见了一只鹌鹑。

长得小巧滚圆，有红色的尾羽，他蹲在地上，看它闲散地跑来跑去。他开心地看着那只漂亮鹌鹑越跑越近，仰起尖尖的喙，二话不说直朝他脸上扑来——

“啊！”夏飞彻底睁开眼，眉心隐隐作痛。

天花板的吊灯上掉下个小挂饰，好巧不巧正落眉心，一下给他砸醒了。他无语地把那小挂饰从脸上拿掉，一把丢进垃圾桶，强迫自己忘记梦里被鹌鹑啄的恐惧。

“莫小西……”

莫小西在听到某位看上去失眠多梦的男编的呼唤之后，片刻没耽搁地屁颠屁颠跑过去：“有、什么事儿？”

夏飞眼睑上有小片乌青，烦躁地抖了抖手里的纸：“还让我说几次，有错误的地方直接找美编改，不要在纸上画！”他拿手指在纸面敲了敲，“你这一个圈儿一个圈儿的，是要下蛋吗？”

“好的，马上去改！”莫小西飞速从他手里抽过纸，跑了几步又回身作了个揖。

什么情况，今天咋没反驳他？夏飞眨眨眼，往常让莫小西承认个错误，她都要刨根问底明确了自己确实有问题，才会虚心接受他教育，今天怎么……

等莫小西又哼着小曲儿回到工位，夏飞没忍住侧过头问：“你今天有什么高兴事，这么听话？说说？”

“我哪有，”莫小西摆摆手，“再说了，让我高兴的事说出来那不是让你不高兴吗？”

空气凝滞了三秒。好像有啥不太对劲。莫小西转了转眼珠：“啊，其实吧，”她拿脚背蹭了一下抽屉柜边缘，“我都收了你的大礼了，再不听话点儿，我的良心过不去。”

夏飞琢磨片刻，福至心灵地发觉了盲点——她说大礼？

难道……他抬头望着莫小西亮晶晶的眼神，还有那挂在脸上完美无瑕的职业假笑，心里一阵儿发虚。难道她意识到将自己淘下不用的“破烂”给她，是因为没找到地方扔，随意甩手给她接盘的吗？

怪不得他晚上梦见鹌鹑啄他，坏事儿做多了，午夜梦回啊。不行，他以后可得对莫小西好一点儿。

“东西应该快到了，”见夏飞发愣，莫小西摁亮手机，“刚刚快递给我打电话了，说马上就到。”

夏飞合理怀疑莫小西寄了个炸药包给他，不把他炸死，也得跟他同归于尽。

快递员抱着一个大箱子进来，拿起纸笔递到他面前：“欧阳夏飞先生，麻烦签收。”

不，他不签！他死死盯着快递外包上“禁晃”“禁摔”的标志，觉得眉心更疼了。

“哇，夏飞请大家喝可乐啦？”

搞啥？夏飞在旁边犹犹豫豫地不签字，莫小西一阵诧异，飞速抢过笔“唰唰唰”替他签完，蹲地上直接拆开了快递外包。她把箱子打开，抱了几罐可乐出来，装模作样地问：“我可以直接拿吗？”

所以就只是一大箱子可乐，没炸弹。

“但你买就买了，为什么要以我的名义请客？”

“你是师父，我是徒弟，应该的。”

“你给我说实话！”

面对夏飞的质问，莫小西表现得过于平静，甚至有些嗔怪：“这就要问你了。”她现在的表情看上去就像在批评一个逃课学生的老师，“你要觉得送个破柜子给我过意不去，直接挑个正常的礼物就好了，用不着那么实诚吧……啧，不合适。”

“什么不合适？”

莫小西脸红了红：“直接送钱，不合适吧。”

夏飞肯定不知道，当她拉开柜子最下面一层发现铺满一抽屉的零钱时，内心有多么五味杂陈。而莫小西肯定也不知道，那些零钱是夏飞当初无意识攒下来的，左一块右五毛，攒着攒着就攒了一抽屉，好死不死，他居然忘记掏出来了。

真不是特意要给她送钱的。

“你总是这么闷骚吗？”

夏飞的脸一阵红一阵白，憋了半天：“我不是。”

莫小西痛心疾首地点点头：“我之前想了一宿，要怎么处理这一抽屉钱，后来决定直接买一箱可乐送到编辑部，以你的名义——”她龇牙抬手搭上他的肩膀，“钱花出去了，还倍儿有面子，怎么样，我是不是很机智？”

不等夏飞答话，她又迅速拍了拍他：“下次别这样了。”

夏飞扶额，吸了吸气：“我没有。”

莫小西这才看清，指着他的眉心惊讶道：“咦，你这儿怎么青了？”

夏飞躲开她的胳膊，强迫自己重新把注意力集中在工作上：“让鹌鹑给咬了。”

“哦。”莫小西懵懂地点了点头，双手捧着可乐坐回椅子上。

不对啊，鹌鹑会咬人吗？

第二章

我噘嘴不是因为想夸你，而是表达小情绪

1

一晃莫小西已经来编辑部小半年。

比起最初的青涩与慌乱，现在的她对待工作俨然已经游刃有余。她想起词词当时在面试的时候再三询问的事情：“抗压能力强吗？”

她强，真的挺强的。只不过她在词词的预防针下做足了准备，都没想到自己大部分的压力不是来源于繁重的工作量，而是……

“莫小西，栏目今天不按时交，你就别下班了。”

看吧，她的“压力源”简直无孔不入！

“瞪我干吗？”“压力源”欧阳夏飞歪头露出一副纳闷的表情。

“写完了，已经于截止日期前交付给流程编辑，”莫小西不知道想起了什么，突然噘嘴叉起腰，对夏飞扬起她骄傲的小脑瓜，“你知道吗？昨天阿朱姐表扬我了，因为我来了这么久，除了偶尔因为新手入门在工作上绕绕弯路，基本零失误！”

“然后呢？”

“作为我的师父，你难道不为我感到骄傲吗？”莫小西又噘了下嘴，“你可得对我好一点儿，我已经快要出师了！”

“还差远了，”夏飞眨了眨眼，“人不能太自负。”

“我这不是自负，是自信，自信，懂吗？”

不懂。

人确实不能太自负，话也不能说得太绝。

这叫什么？这叫因果不虚，报应不爽，打脸来得太快就像龙卷风。

当夏飞阴沉着脸默不作声地把审校部打回来的书稿再还给她时，那些被批注了“错误太多，不予通过”的书稿还是热腾腾的，她刚交上去没多久，因为提前完成，还为自己的效率而沾沾自喜过。

“你校对了吗？”夏飞问。

“真的校对了！”莫小西有点儿慌，斩钉截铁，“绝对校对了，血书起誓。”

夏飞抿了抿嘴：“保存了吗？”

“绝对保存了！”

“确认修订了吗？”

“绝对……”莫小西瞪大眼，捂住嘴，小心脏怦怦直跳。

夏飞半眯起眼睛，露出一个“我就知道”的无奈表情。

莫小西不晓得自己应该叹服夏飞几句话就问出她的问题，还是应该恼怒自己为什么会犯一个这样低级的错误——校对完书稿后没有确认修订，若是她大大咧咧地忘记了，流程编辑也没有注意的话，就会致使那些改掉的错误再次排入文档里……

她大概能想象到审校部的老师们审阅她书稿时的表情。

像网上那个很流行的表情包，皱着脸，挤着眼睛：这是啥，这写的都是个啥?

她现在才琢磨出夏飞当时话里的意思：人一骄傲就容易自负，人一自负就会丢掉严谨，从而犯下错误。一句话总结，她飘了。虽然审校部的老师们宽宏大量不与她计较，但总归是她工作失职，扣她工资什么的她都认了。可是因为书稿被打回来，她需要重新修改上交，影响了出版进度，这才是莫小西的自责所在。

夏飞瞅了她一会儿：“算了，没大事，你重新修订好再送排一遍吧。”

“对不起。”莫小西垂着头好半天，才又抬起来，嗫嚅道，“今晚我加班，盯着美编排完，尽快送去出版社。”

天上下红雨啦，莫小西主动要求加班啦!

夏飞好像没太当回事儿，哼了两声说：“还剩不到半小时就下班了，明天再弄吧。”

莫小西的倔劲儿突然上头，吸了吸鼻子："没事，我还是留下加班吧，不用心疼我。"

夏飞沉默片刻："……我不是心疼你，我是心疼人家美编。"

哦，就知道。

2

做他们这一行的，休息是奢望，加班是日常。

所以最开始莫小西说要留下来加班的时候，夏飞并没有多想，最近他因为赶着做一本图书的后期也经常加班。不过他今天晚上八点多下班后在电梯里偶遇了某美编，让他一下子怔忪了："下楼买东西？"

"不啊，"美编有点儿迷茫，"下班回家啊。"

"莫小西没留你加班吗？"

"没有，"美编解释道，"本来我想留下的，但小西体谅我家宝宝小，需要人照顾，所以让我提前下班啦，说明天再做。"

"莫小西还没走？"

"应该没有，她说她还有工作没做完。"

莫姓女士葫芦里卖的什么药啊？

当夏飞乘了电梯下楼，又乘上电梯鬼使神差地回编辑部时，他觉得可能自己该吃药了。

也怪了，平时留下加班的同僚多得很，今天就像约好了似的不约而同全闪光了，编辑部只开了最里面的一盏灯，给白日热闹的办公室蒙上一层安逸。夏飞在门外眯了眯眼，冲里面望了望，敲了两下门板："莫小西？"

有人从电脑后伸出半个头，转转眼珠。

"你怎么还不走？"

"我……"莫小西把头缩回去，扁扁嘴，"我加班写栏目。"

"没什么着急要写的栏目，"夏飞皱了皱眉，"这都几点了？赶紧下班回家。”

“不要，”莫小西像是要证明似的，又把键盘往外拉了拉，头也不抬地冲对方拜拜，“别管我，我真的有工作没做完，你下班吧，明儿见！”

“公司大门的密码锁坏了，还没来得及修，”夏飞提醒道，“最近大厦治安也不好，你别待这么晚。”

“我没事，我会注意的！”

“……那你自求多福。”

夏飞临走之前只扔下这么一句话，莫小西好半天没敢抬头，等她试探着再抬眼时，门口空荡荡的，人已经不见了。她拖着疲惫的步子把门的备用锁插好，一屁股滑回座位，才长长地叹了一口气。编辑部的地板要是不脏，她甚至能躺上面滚几圈。

莫小西啊，你死鸭子投胎吗？

夏飞开始来问她的时候态度还挺柔和的，都是她嘴硬非要跟他抬杠，活活把人家给逼到语气冷硬，挥挥衣袖潇洒转身，只剩下她一个人在这儿凄凄惨惨。也不怪夏飞，换作任何人被拂了好意，肯定都要不高兴的。

反正这是她自找的。

莫小西重新坐起身，晃了晃鼠标，强迫自己继续进入工作状态。她确实没什么心急火燎加班的必要，但经过这次犯错，她需要找一个慰藉抵消她心中的自责——没错，她的慰藉就是多加班，多干活，多做事。

从小长在红旗下的五好少女莫小西比较认死理，她只能想到这样。

实话她不好意思说，她更不好意思问夏飞：作为徒弟，我是不是给你丢脸了？

万一夏飞再不顾她的颜面一点头——并且这种情况非常、极其有可能发生，那她岂不是更丢脸了？

3

莫小西拍了拍脸，感叹词还没叫出口，突然听见门外有声音。

她一把摘掉挂了一半的耳机，下意识地屏住呼吸。虽然轻微，但她能清晰地听见门外的声音：“咔嗒，咔嗒……”

声音似乎很规律，像什么东西在敲击门板，也像是有人在用硬物撬锁……

撬锁?

“最近大厦治安不好，你自求多福。”

夏飞的声音突然在莫小西脑海中响起，还真是怕什么来什么。

她纠结地吞了吞口水，暗骂对方乌鸦嘴。不过他说的也没毛病，最近大厦的确治安不太好，保安都跟休假了似的，半天抓不到人。先前有其他同事说自己莫名其妙丢东西，还听说楼梯口经常出现一些身份不明的陌生人……

这种时候就不能自己吓唬自己，纵然胆大如莫小西，此刻整层楼空无一人，她也着实越想越深，越想越害怕了。

都怪欧阳夏飞!

甭管对不对吧，这种紧张时刻，吐槽他多少能转移一点儿注意力。

“咔嗒”声还在持续，莫小西环顾了一下周围，后悔没有防范意识提前买些防狼喷雾什么的，只能勉勉强强从柜子里抽出一把小剪刀，双手捏着刀柄，刀尖对着门外，蹑手蹑脚往门边儿蹭。

咔嗒声果然消失了，取而代之的是大门被“咣当”推开的声音。

莫小西贴在她们组屋子的门板后，吓得脚步已经挪不动了。苍天，这木门看着就不结实，贼人要是已经攻破了大门，拿下她们屋里这扇小木门岂不是轻而易举……

“谁……啊！”

“喂！”

最让人抓狂的画面出现了。就在莫小西胡思乱想之际，木门突然被人大力向外打开了！她的心已经跳到了嗓子眼，身体下意识地往外撞，不可避免地与她想象中那个贼狭路相逢了。

“贼”一把握住莫小西的手腕，艰难地从她手里抠出那把挥舞着的、一个不注意可能把自己也误伤到的小破剪刀，震惊道：“你在干吗？”

“……”

“喂，莫小西！”

等莫小西终于在凌乱与慌张中看清眼前的“贼”时，差点儿一个脚软跪下去。

在这样的情况下，她甚至想给眼前的人送面锦旗，上书“恩同父母欧阳夏飞”，以感谢他的“及时”出现，以感谢……他没真把她给吓死。

由于刚刚往外的冲力，导致莫小西整个人以一种“趴趴熊”的姿势抓着他，后者正睁大眼睛死死盯着她，一手掐着她的胳膊防止她滑到地上，一手攥着刚从她手里抠出来的剪刀，这画面怎么看怎么诡异。

“夏飞？”

“不然呢？”

“刚刚有贼……”莫小西猛地想到她不久前还在对夏飞的忠告视若无睹，觉得自己没什么立场，声音立马降低几档，“在你来之前，有……很奇怪的咔嗒声。”

贼？

夏飞思索片刻，默默把她扶正：“你出来看下。”

子不语怪力乱神。

有时候事情就挺巧的，巧就巧在公司大门正对着大厦的窗户，而大厦窗户没关，正呼啦啦地往门里灌风。先前莫小西听到的“咔嗒”声就是门板被风吹响的声音，夏飞站在一边等她自己觉悟，在看见她青白的脸恢复红润后，才揶揄道：“有贼？”

“我……我以为有不行啊？”莫小西气呼呼地瞪他，“我好歹是个女生，这种必要的防范意识是该有的！”

“莫小西，”夏飞笑了，“你是不是害怕了？”

难道她的恐惧表现得还不明显吗？

但骄傲如莫小西，跟欧阳夏飞服软这件事，暂时不在她的考虑范围内。于是她轻咳一声，非常聪明地转移话题：“你怎么又回来了？落东西了？”

意外地，对面的男生好像被她问住了，舔舔后槽牙僵在原地。

莫小西吸了口气：“你不会是……担心我吧？”

“我才不像你那么小心眼儿，”夏飞表情微滞，顿了顿，“万一你真的被自己给吓死了，作为最后一个与你见面的人，我怕是得摊上事了。”

“哦。”莫小西憋住笑意，顺着他点点头。

“亏我还给你带了外卖，”夏飞煞有介事地眨了眨眼睛，侧身拎起大堂桌子上包裹严实的袋子，“我看你也不像饿的样子，那我就……”

“饿！”莫小西迅速从他手里抢下外卖，转身往屋里跑，“谁说我不饿，中午到现在都没吃东西……”

她光顾着自责了，哪里还能想着订饭吃。

夏飞站在原地盯着女生蹦蹦跳跳的背影，敛眉摸着鼻子笑了笑。

嘁，这个白痴。

确实该给夏飞送面锦旗了，不但及时出现救苦救难，还会在人饥寒交迫的时候送温饱，简直是21世纪的当代活雷锋啊。

当莫小西风卷残云吃完外卖，瘫在椅子上幸福地打饱嗝时，她这样想。

“吃饱了？”夏飞停下打字的手，睨了她一眼。

“嗯！”

“那还继续加班吗？”

莫小西看了眼时间：“栏目刚写了一半，最好一鼓作气，”她转头冲夏飞噘了噘嘴，“加到十点钟吧，我可以！”

第三次了。

假如他没数错，这是莫小西今天第三次冲他噘嘴，于是他歪头啧了声，眯眼露出白牙：“怎么，噘嘴的意思是想夸我吗？”

“不，您多虑了。”莫小西像模像样地对他作了个揖，“我噘嘴并不是想夸你，而是表达小情绪。”

“那行吧，”男生摸了摸头发，状似要关电脑，“那您尽情表达吧！我就不陪你加班了，回见。”

“别啊！”莫小西迅速转了势头，谄媚地笑笑，“刚才开玩笑的，您是当代活雷锋，你看这夜色茫茫，阴风阵阵，留我一个人在这儿，您肯定也不忍心吧？”

夏飞倏地丢了个抱枕过去：“别狗腿了，干活！”

“好的，遵命。”

大丈夫能屈能伸是千古真理，小女子自然也一样，莫小西身体力行贯彻得很好。

4

号外号外，头条头条！

“震惊！某杂志编辑部唯一男编与该部一枝花深夜……原因竟是！”

莫小西深知自己还没到可以上头条新闻的地步，但若是编辑部众人如狼似虎的眼神能帮人上头条，那最近这几天的她一定在热搜榜上居高不下。

事情怎么变成这样的？

那还要追溯到上次她跟夏飞深夜加班——本来不是什么大事，坏就坏在第二天莫小西上班打卡时正好遇到了那个美编，美编还非常好心地问了她一句："小西你还好吗？昨天下班的时候夏飞问我你的事儿，又急匆匆回去了，我还以为你怎么了呢。你们后来加班到很晚吗？"

莫小西笑着说："没有没有，我很好。"

如果湘歌没有在后面偷听就更好了。

更坏就坏在路过她们身边的湘歌把美编的问话一字不落地全听了去，鼓着腮帮子睁大眼，惊讶地捂住嘴巴："小西你昨晚跟夏飞一起加班到深夜了？"

"我……"

"什么？小西昨天跟夏飞一起相处到深夜？"Fairy瞬间从门后冒了头。

"不是……"

"什么？小西昨天跟夏飞深夜约会了？"词词连厕所也不上了，手里团了团手纸从走廊里折回来。

"……"

这都哪儿跟哪儿啊！

莫小西不干了，莫小西此刻很想摔东西。

"早。"夏飞挟着外面的一身凉风进门了，从容地伸出胳膊，越过莫小西头顶"嘀"一下打了卡，又看她一脸怨念地戳在原地，顺手弹了下她的脑门，"昨天加班加傻了？"

"哦——"

所有吃瓜群众都心照不宣地"哦"了一声，简直余音袅袅，意味深长。

莫小西狠狠瞪了夏飞一眼，又觉得自己没什么立场迁怒于人，只能气咻咻地摔门进屋。而站在风口浪尖的后者却一脸无辜，转头看了眼满脸兴奋的词词："事出反常必有妖，说，你打什么鬼主意呢？"

词词捂住心口："开玩笑，明明是你在打鬼主意好吧！"她这才缓过神来，意识到自己原本准备干什么去，只得先往夏飞身上捶了一拳，扁嘴往厕所跑，“少装蒜，等我上完厕所回来，你就给我坦白从宽！”

他有什么好坦白的？夏飞不明所以地耸了耸肩，难不成要他坦白莫小西究竟有多能吃？

哦，要是这么说的话，莫小西的确挺能吃的。

八卦果然是女生的天性，更何况编辑部里几乎全是女生。

不出一上午，好像公司里所有人都知道了莫小西跟夏飞单独加班到深夜，当然，这些看热闹不嫌事儿大的人的着眼点肯定不在于他们俩有多努力、多敬业，而在于那个“单独”——这一上午已经有不下十个人来问她：“小西呀，你跟夏飞君在一起啦？”

她只能凄苦地挨个回应：“真没有，我只是跟他一起加了个班啊！”

什么叫造谣一张嘴，辟谣跑断腿，现如今她总算体会到了。

而另外一位当事人好像并没受到什么影响，“莫小西，”昨晚那个送温暖的活雷锋在第二天太阳初升后又恢复成铁面无私的黑脸包公状态，“你这一上午都做什么了？我看你光顾着跟人聊天了，今天晚上还想留下加班？”

“不是。”莫小西对于夏飞这种冷静淡然的状态感到非常惊讶，舔舔嘴角转向他，“你就一点儿都不在意吗？”

“在意什么？”夏飞转过椅子。

“他们都在说我俩……”莫小西无语地缩了缩脖子，“那啥，传绯闻啊。”

“我为什么要在意？”夏飞抱着手臂对她笑笑，“难不成你觉得这是真的？”

“当然不是。”

“那就更没什么好在意的了。”夏飞很轻微地蹙了下眉，转身又不理她了。

妙啊。

听君一席话，胜读十年书，比她多吃过一阵子饭的人，眼界果然要高一筹。既然他都不在意，她要是太过在意，倒是显得欲盖弥彰了，毕竟她跟欧阳夏飞的同事关系……

纯洁得不能再纯洁了。

不过莫小西这厢虽然看开了，其他人却不这么想。

第二天午饭时间，词词特意支开夏、西二人，拉着其他人到会议室边吃边开座谈会，临走时还被座位上的夏飞白了一眼，生怕自己动静不够明显。

“你们说，小西昨天还一副‘我不是、我没有、别瞎说’的样子，今天突然就放任自由爱咋咋地了。”湘歌拄着下巴思索道，“她该不会是默认了吧？”

“肥猫，注意一下你的表情管理，不要太兴奋。”Fairy对着湘歌放光的双眼摇摇头，理性分析，“既然他俩都没什么反应，那我们也当无事发生。不然搞得太显眼，让夏飞那个死腹黑察觉了，故意跟小西疏远了怎么办？”

那她们岂不是吃不着“糖味狗粮”了。

这句她没敢说。

词词倏地起身，把湘歌吓得筷子都掉了。她咬牙无声地指了指Fairy，就在对方暗想是不是自己闹得太过了的时候，词词突然开口，把湘歌好不容易捞起的筷子又吓掉了：“我觉得你说得对！”

她越过桌子跟Fairy击了个掌：“为了以后能继续近距离观察夏西，我们是应该更隐蔽一点儿，低调吃‘糖’，从我做起！”

“说得好，为了以后能吃的瓜！”

“为了纯洁的编辑部师徒情！”

“击掌！”

“扛起夏西大旗”小分队就这样草率地诞生了，其中一位当事人浑然不知，而另一位当事人……就算有所察觉也不能拿她们怎么样，想想还有些小激动呢。

5

“夏西深夜加班风波”于三天后完全趋于平静。

真的平静了吗？

莫小西总觉得这阵子编辑部的氛围有点儿不大对——表面看上去倒是蛮正常的，不过她们能不能不要在她一跟夏飞说话时，就躲在角落哧哧地笑啊？当她没看到吗？

“不要走神，”在叫夏飞来电脑前给她解答一些工作上的疑问时，因为背后那几双灼热的眼睛，莫小西不自觉地走神了，被夏飞捶了下脑袋瓜，还顺道帮她从上头捋下来一块衣料掉落的绒毛，“你听懂没？”

“啊，嗯，听明白啦，感谢夏飞同志。”

身后几双眼睛的主人默默凑到了一起，无声地嗷嗷嗷：快看啊，平时最嫌麻烦的人居然耐着性子给人家辅导哦！他还帮人家捋头发了！

如果莫小西听见了身后的嘀咕，那她一定会回个嘴：别光听前不听后啊，他倒是帮她捋头发了，但你们谁也没听到他后面那句诬陷她没洗头的恶意吐槽！

人生艰难。

被误解的人生，可能更艰难。

莫小西就这么在夹缝中艰难生存了一周，终于让她抓到了“小辫子”。

她之前就发现每到中午湘歌就会对着电脑神秘兮兮地发笑，还时不时看她几眼，继续对着电脑发笑……而这一天，湘歌还没来得及从她神秘兮兮的笑声里关掉电脑界面，就被人拉走教育了，具体场景如下——

Fairy：“肥猫啊，你今天是不是又迟到了？你可长点儿心吧。”

湘歌：“点心？什么点心？”

Fairy：“……”

很好，不管怎么样，都可算让她钻到空子了。

湘歌前脚刚走，莫小西就悄无声息地挪到湘歌的屏幕前，佯装无意地偷瞄了几眼。页面看上去很整洁，莫小西默默记了几个关键词，又回到自己电脑前默默打字，点击，进入。

嗯，看起来像一个写文的网站。

嗯，看起来这篇文人气蛮高的……不对，“夏西粉红事件簿”，这标题是什么鬼？

粉红？开玩笑，她跟夏飞之间明明只有“血红”，每天斗智斗勇，动辄血溅五步，各种心酸别人还真无法体会。

受到惊吓的莫小西差点儿栽出椅子，被路过的夏飞一只手拽了起来：“干什么？”他把莫小西又推回椅子上，冲她的电脑看了看，“你在看什么？”

“什么也没看！”莫小西吞吞口水，下意识地去挡屏幕，“什么也没有！”

“我可没兴致管你看什么。”

夏飞耸了耸肩就出去吃饭了，莫小西鼓了鼓嘴，把视线重新聚集到屏幕上——她说这群人每天都在偷偷摸摸看什么呢，原来是在研究她跟夏飞的同人文，真是不嫌无聊。

莫小西一边吐槽一边点开了文章，五味杂陈、充满好奇地看了起来。

凭良心讲，这文写得倒还不错……如果它没有那么不写实的话。

她顺着作者的链接摸到了作者的微博，是个关注了杂志很久的资深读者，还发现这居然是篇连载文——

夏飞总会贴心地备上一些糕点和牛奶，以便让在繁杂工作中感到饥饿的莫小西填饱肚子……

莫小西越看越泪流满面。

作者骗人，这么温柔体贴，一定是个假的夏飞！莫小西要举报，现实中的夏飞只会冲她翻白眼，顺便再嘲讽她一句“你是女生吗？这么能吃！”

所谓没有对比就没有伤害，当莫小西完整地追完最后一篇连载后，真情实感地羡慕了。

活在文里的夏飞体贴无比，既温柔又绅士，总会在她需要帮忙的时候伸出援手，总会在她悲伤无助的时候驾着七彩祥云到来……

咳，想多了。

而反观现实中的莫小西，简直是一个遭受剥削和压迫的劳苦大众的缩影。

不过再仔细看看，文中的莫小西似乎跟自己也有一些差距——比如夏飞因为工作问题批评她的时候，文中的莫小西会满怀敬意地认错，不会像自己那么直率，说怼人就怼人；比如夏飞心情不好的时候，文中的莫小西会善解人意地问他怎么了，肯定不是自己那样，就差没直说“你有什么不开心的事儿，说出来让我开心一下”了。

同名不同命啊！

莫小西仰头长叹了几声，突然开始反思自己是不是脾气太暴躁了。

或许……她也可以尝试着对夏飞温柔一点儿？

6

莫小西肯定吃错药了。

在莫名其妙享受了莫小西连续三天的温柔对待后，正直如欧阳夏飞，终于发现事情有什么不对。有事儿没事儿对他挤眼睛，是脸抽筋吗？每天都给他送一罐旺仔牛奶是什么意思，觉得他没发育完全还需要长个儿吗？还有他批评她的时候，能不能麻烦她收起自己那副泫然欲泣的林黛玉表情，他快吐了！

“莫小西，”夏飞强迫自己平静地问她，“我是哪里得罪你了？”

莫小西贤良淑德地眨眨眼：“没有啊，你很好。”

“但是你不好！”夏飞几乎咆哮了，自我消化了半天，郁闷地扶额，“你要是故意装成这样来整我的，那我恭喜你成功了。”

莫小西愣了愣：“你难道不觉得温柔体贴的我更好吗？”

“当然不！”夏飞立刻回答，又怕莫小西听不懂似的着重强调，“做你自己就行了。”

莫小西扬起嘴角：“你的意思是你更喜欢原本的我了？”

“……如果非要跟现在神经病一样的你相比，原本的你至少正常。”

耶，莫小西感觉自己的胸膛中有个小人儿在跳舞。讲真的，这几天她装得自己都快恶心了，正想找个什么契机结束这种虚假的温柔架势，没想到夏飞先忍不住提了，不但给了她台阶下，还意外地收获了惊喜。他居然更喜欢原本的自己，真让人感动。

原版莫小西战胜了粉丝脑补版，这是最让人感动的！

而且，这话在别人听来，简直就是实打实的糖啊——在莫小西心情大好地继续工作后，“扛起夏西大旗”小分队成员们终于按捺不住了：“都听见了吗？夏飞说他喜欢的就是莫小西本人，请她保持初心，无须改变，是这意思吧？”

“这是什么绝美师徒情啊？”

“别说了，正主发糖，最为致命！”

成员之一的湘歌颤抖着登上她的微博小号，迅速发了条微博。

今天夏西发糖了吗：今日份的莫小西获得新成就——在欧阳夏飞眼中，原本的你就是最好的你。

果然，微博刚发出去不久下面就有很多人评论了：啊啊啊！感谢博主，今天的夏西也是超治愈的呢，元气满满！

博主到底是什么人啊？知道这么多内幕，求你亮明身份！

大家默默吃糖就好，不要打扰博主啦！就算不是真的，我们能每天看到这么多甜甜的夏西粉红小段子，也是非常开心了，谢谢博主！

湘歌一边翻着评论，一边闷头笑：身份是不可能亮明的，永远都不可能亮明的，就让她安静地做个最强揭秘者，低调发糖，深藏功与名就好。

我的天！大家快去看看，小西给夏西同人文点赞了，我不是在做梦吧？

一条最新评论跳出来，湘歌虎躯一震，呼地转身看了看正主。莫小西还神色如常地该干什么干什么，也不像做出这种举动的样子啊……如果是她做完了还能面不改色——

且让湘歌喊她一句壮士。

7

女壮士莫小西完全没意识到自己在无意识的情况下做了什么。

事情要追溯到她上次摸到写夏西同人文作者的微博。一个不小心，她就津津有味地追起来了，总是时不时地点进去看作者有没有更新，再一个不小心，她就手滑给人家点了个赞……没错，她给她自己的同人文，点了个赞。

这种意外，当事人不容易察觉，别人却不然。

当粉丝们发现微博提醒莫小西的那条点赞时，轰动指数远不亚于“赫连湘歌承认自己暴瘦十斤”或者“欧阳夏飞穿女装拍了一条视频”，当莫小西后知后觉地发现，并暗骂着取消点赞时，粉丝们已经陷入狂欢好几天了。

“你们都发现了是不是？”莫小西感觉脸在发烧，“为啥没一个人提醒我？”

太坏了，太邪恶了。

“小西西在问出这句话的同时，是不是应该反思一下自己，为什么会点进这个博主的微博呢？难道是在偷偷追自己的同人文？”

Fairy这一连串的补刀直接堵死了莫小西想反驳的出路，从开始就保持沉默的夏飞盯着她青红青红的脸色，突然笑了：“真的在追啊？”

“闭嘴，只是手滑！”

“那不是也点进人家微博了。”

“那只是……”

算了，莫小西气呼呼地想，现在的重点不是跟人吵架，而是及时止损。

原本她想亲自辟谣一下，但她在微博输入栏里删删改改半天，都没下定决心发出去。如果太认真强调，人家可能觉得她此地无银，越想撇清越是在意；倒不如放着不管，让这件事随着时间淡出大家的视野……

“啪。”

“欧阳夏飞！”莫小西“唰”地侧过头，发尾直挺挺甩了夏飞一“巴掌”，昭示她的愤怒：“你干什么？”

“你一直在这儿犹犹豫豫的，我看着都着急，”夏飞适才把他刚刚敲击过“输入键”的手指移开，圈起手掌蹭了蹭脸，“我就帮你一把。”

用你帮吗？知不知道她……话还没打完啊？

莫小西迅速把那条被欧阳夏飞手欠发出去的微博删除，暗自祈祷了一番没人看见，再次咬牙狠狠紧盯夏飞，眼里透着森森寒气：“你完蛋了。”

别惹女生，尤其别惹气头上的女生。

夏飞下意识地吞了吞口水，忽然觉得情况有点儿不妙。

他迅速扫了一圈，刚才还在偷摸围观的吃瓜群众们全都假模假样地工作起来。这群没良心的，关键时候还真是一个都指望不上！三十六计走为上，他撂下一句“我去上个厕所”就迅速跑出了门，闪得比谁都快。

不过愤怒中的莫小西更不是吃素的，此刻的她不是女壮士，而是黄金圣斗士。

“站住，欧阳夏飞，我今天不打死你，我就跟你姓！”

等莫小西拖着一缕残烟追着夏飞闪出编辑部后，词词掐了掐自己的脖子，吐出舌头：“我该心疼夏飞吗？”

“不用吧，”Fairy非常理性地分析，“我在想，欧阳小西是不是要比莫小西好听一点儿呢？”

“我比较好奇的是夏飞手欠发出去的微博是什么？”

“我，我……”湘歌抖了抖胳膊，举起手，龇起小白牙，“我截图了！”

词词和Fairy双双用眼神给她点赞，还多亏了她眼疾手快。

三个脑袋，六只眼睛凑到屏幕前看了十秒后，集体陷入了沉思。

我跟夏飞是真的

虽然莫小西本来是打算澄清，“我跟夏飞是真的只是普通好朋友，大家都误会了”，但并没有人想知道她到底怎么想的——

不过，不重要，这都不重要了。

第三章
莫小西错了，但她下次还敢

1

听说近日编辑部要来新人时，莫小西还默默期待了一阵儿。

后来发现前后脚进来的果然又是两个妹子，Fairy惯例搂住莫小西感叹：“哎呀，阴盛阳衰的局面不但没什么改观，反而愈加严重了，真让人失望。”

热气腾腾的新编之一彭彭偷偷问莫小西：“呃，是对我们不太满意吗？”

“不不不，”彭彭是个身材高挑、说话温柔恬淡的女生，莫小西唯恐人家误会，把脑袋摇得像个拨浪鼓，略带嫌弃地指了指身后那个认真工作的身影，“Fairy是觉得又没有男生来，某人还是编辑部里独一份儿的宝藏，肯定更得意了。”

彭彭似懂非懂：“可他看上去并不关心……”

“你还不够了解他，”莫小西捂住心口，“他估计已经在心里偷笑了。”

时间如同白驹过隙，曾经她也是那个在夏飞面前战战兢兢的小新人，如今居然就成了给新人科普的“老人”，真令人唏嘘。

“小西你跟夏飞君是男女朋友吗？”热气腾腾的另一位新编绿茶留着一头利落的茶色短发，眨着黑黢黢的大眼睛认真问。

“当然不是，”莫小西窘迫地抓了抓脸，“你千万别误会，我跟夏飞什么关系都没有。”

“你跟我没关系吗？”

夏飞突然在听到她辩解后起身，抬起一只手“嘭”地拄上莫小西身后的桌子，把她吓得几乎不敢动弹，轻轻眯了眯眼，重复道：“真的没关系？”

或许是今天的风太喧嚣了。莫小西暗暗想，不然她为什么突然心头猛跳？

或许是今天的天气太好，在柔和阳光的映衬下，她居然觉得夏飞看起来比平时帅了那么一点儿……

夏飞直起身子点了点莫小西的头，假笑道："我们明明是上下级关系。"

真不愧是破坏气氛第一人，莫小西刚刚是脑抽了，才会觉得他有点儿帅。她附和着冲绿茶扬扬眉，大概意思是，看见了吗？我俩关系非常不好，我每天都在饱受对方的摧残，先前你听说的那些八卦全是造谣和诽谤，你听听就好，别信。

"别聊天了，快点儿把手里的活整理一下，明天下午编辑部要团建聚餐，"夏飞又侧头提醒莫小西，"顺便欢迎新人。"

"我来的时候怎么没有聚餐？"

"词词提了，但我没同意。"夏飞摸着鼻子笑了笑，"主要是当时我看你不顺眼，还有怕你把编辑部吃穷了。"

莫小西讨厌他的坦诚。

她咬牙握了握拳，呵呵道："既然你现在已经意识到了自己当初的错误，那这顿饭总得找时间给我补上吧，"她龇牙冲夏飞吼了吼，"必须给我补上！"

"看心情吧。"

"看什么心情啊，我要吃簋街的小龙虾，周末就要去……"

"吃什么吃，干活。"

"就这么说定了，吃小龙虾……"

莫名被晾在一边的绿茶踱回自己的工位，偷偷摸摸从口袋里摸出一张塔罗牌，拎起来看了看，露出一个讳莫如深的笑容。

欧阳夏飞和莫小西关系不好，嗯，是真的很不好。

因为要团建聚餐，这个周五埋头工作的编辑们得以提前放假三小时。

上一次团建已经记不得时间了，好不容易聚到一起吃大餐，大家都有点儿放飞自我，而刚来不久的彭彭和绿茶，除了在聚会最初显得有些拘谨外，在热烈轻松的氛围下也很快跟众人打成一片了。

“来，我先敬大家，”不知道谁先开的头，总之等到大家意识到的时候已经喝多了，词词站起身，脸颊红扑扑的，“眼看着编辑部大家庭日益发展壮大，我深感欣慰。”

“努力加油，未来会更好！”

“那以后也请大家多多指教啦！”

众人碰杯相互勉励，莫小西嗍着杯口若有所思。

她神不知鬼不觉地蹿到夏飞身边，拿起杯子往夏飞的杯子轻轻碰了一下：“夏飞师父，我也来敬敬你，感谢你这段时间对我的……”她歪头想了想，“栽培。”

男生停下筷子，似笑非笑地转过头：“你要敬我酒？”

“是啊，”莫小西真诚地点点头，“我可是带着诚意来的，你不要驳我面子哦。”

“是吗？”夏飞云淡风轻地瞥了一眼她装满啤酒的杯子，抢过来放在桌上，又拿了个新杯子塞进她手里，“你刚才喝的都是果汁，不能喝酒就别逞强。”

没想到夏飞还能注意这种小细节，莫小西耳根微红，厚着脸道：“那……那我以果汁代酒好了，总之还是要敬的。”

真是拗不过你。夏飞默不作声，看她煞有介事地把他的酒杯倒满，又给自己倒了满满一杯果汁，笑得像个盛放的小太阳：“好了，来，碰杯！”

玻璃杯清脆地一响后，夏飞突然在莫小西眼皮底下晃了晃手指：“你要是真有诚意，敬我一杯肯定是不够的。”

“那再来一杯，敬你的专业素养和谆谆教诲！”

“不够。”

“再一杯，敬你的耐心和无私！”

“还不够。”

“那再来，敬你被我气掉的那些头发！”

“……”

常在河边走哪有不湿鞋。当夏飞意识逐渐恍惚时，他才猛然意识到自己在“占人便宜”的同时，犯了一个实质性的错误——莫小西喝的是果汁，但他不是啊！那他到底喝了多少杯呢……

一杯，两杯，三杯……三，三下面是几来着？

莫小西的脸不见了。他又看见了那只红色的小鹌鹑，努力挪动滚圆的身体，在他面前摇头晃脑，害得他绷不住直接笑出了声。

“他不会是……喝多了吧？”词词仿佛发现了新大陆，众人围观呆坐在座位上傻笑的夏飞好半天，才惊恐地望向莫小西：“你灌的？”

“天地良心，”莫小西委屈地扁扁嘴，“我什么也没干。”

要说最初，她跟夏飞的“敬酒局”还是传统意义上的你来我往。后来莫小西意识到对方可能喝得有点儿飘飘然，已经顾不上她说什么，直接一通胡言乱语，拎着酒瓶主动往杯里倒时，曾经试图阻止他——

结果他居然不满地把她的手给扒拉开了！

“你干吗呀？”脸颊泛红的男生眼里有微醺的醉意，话里居然还藏着几丝怨念，“别扯我杯子，你是不是看不起我？”

莫小西没有，莫小西委屈。

“怎……怎么办？”莫小西求助般望向词词。

词词看了看抱着酒瓶不撒手的男生眉头一皱，接着从口袋里掏出手机，调到拍照，咔嚓一声，行云流水，一气呵成。

“先别管怎么办了，场面难得，容我先拍照留念！”

2

夏季的夜风令人舒适，但，这不代表莫小西愿意一直站在街头吹风。

时间已经缓缓接近十一点，莫小西叹了口气，对着那个坐在台阶上不愿意起身的“醉鬼”吼道：“走吧走吧，都快半夜了！”

“醉鬼”呜咽着抬头：“不，我饿了，”他双眸水润，眼巴巴地望着莫小西，“咱们去续个摊儿吧。”

如果不是词词交代她务必要把这个“醉鬼”平安送回家，莫小西真的很想把他丢在街边不管了——他自己怎么打滚耍赖都无所谓，她可不想跟着一起丢人！

她得解释一下，这任务可不是她自己揽的，偏巧她跟夏飞顺路。

本来以为夏飞醉得迷迷糊糊的，她叫了个车，给他拖回家就结束了，可车刚开到一半“醉鬼”拍着车窗死活要下去，害得莫小西一边给司机赔不是，一边还得照顾他。“醉鬼”趔趔趄趄走到街角，找到个干净的台阶就坐下了，死活不起来。

谁能想到，平日里冷静自持的大魔王醉后突然变成了个爱撒娇的磨人精。

磨人精试探性地拽着莫小西的胳膊，再次要求续摊儿，发现后者依旧岿然不动地僵在原地后，竟委屈巴巴地噘起了嘴……

莫小西游走在疯狂的边缘。

算了，他想怎样就怎样吧，只要他好好说话别卖萌！

结果到底是没续上摊儿——因为磨人精很快找到了一个新的爱好。

“我给你讲笑话吧，”夏飞以他七十公斤举铁的臂力硬生生把莫小西拽到他身边坐下，乖巧地托起了脸，“我知道你想听。”

不，她不想！

“一颗糖在北极走着走着，突然觉得好冷，于是就变成了冰糖。”

“哦呵呵……”

“一只黑猫把一只白猫从河里救起来了，你知道后来白猫对黑猫说了什么吗？它说，喵——”

“……”

“小明新理了发，第二天来到学校，同学们看到他的新发型，笑着说，小明，你的头型好像只风筝哦！小明觉得很委屈，就跑到外面哭，哭着哭着他就飞起来了！”

再听下去她就要飞起来了。

莫小西“呼”地站起来，忍无可忍地对夏飞怒吼：“够了，闭嘴！现在，马上，赶紧给我回家睡觉！”

莫小西发誓这是她最不顾及形象的一次。但如果能成功把人整回家，她认了。

虽然丢了形象，但效果还算比较显著。

等莫小西完成任务回到自己家，累到一头栽在床上不想起来的时候，她终于如蒙大赦地收到了磨人精的微信：我洗漱完准备睡觉了哦。

莫小西发过去一个“笑哭”的表情：很好，早点儿睡，明天见。

但我不困怎么办？

不困你就数羊！

那我接着给你讲笑话吧？

那边果然又开始讲起那些冷到她想哆嗦的冷笑话了，莫小西两眼一翻，看着不断振动没有消停趋势的手机，果断选择了关机，关灯睡觉。

3

作死不可怕，谁作谁尴尬。

这原本是莫小西预想的情景——第二天上班时她还小心翼翼的，生怕一不小心触及某人柔软的小心灵。不能太让人尴尬了，毕竟她是个那么善良的少女。可谁承想夏飞却跟个没事儿人一样，该冷傲还冷傲，该凌厉还凌厉，昨天发生的事只存在于平行时空，昨天那个耍赖卖萌的磨人精也仿佛只是莫小西的幻想，如果不是她打开微信看到那几十条冷笑话还安稳地躺在里面的话。

看样子夏飞准备一装到底了，莫小西也不急，就等着看他能装到几时。

“这次的策划一般，我还以为你的脑筋能转得多灵活呢！”在看了莫小西交上去的策划后，夏飞例行鞭笞，“也不是很有新意。”

“嗯，”莫小西顺从地点点头，“这就像是我原本以为某人酒量有多好呢，其实也就一般。”

“你是在说我吗？”夏飞顿了顿。

装，接着装。

莫小西试探性地眯了眯眼：“我给你讲笑话吧？”

夏飞皱眉：“上班时间，讲什么笑话？”

看来他是铁了心要装傻了，不怕，我有证据——莫小西面色无波地调出微信，咳嗽几下抑扬顿挫地念了起来：“小西，小西西，听我给你讲笑话吧！蝙蝠侠和超人为什么要穿紧身衣？因为救人要紧……”

“停！”夏飞做了个“打住”的手势，眼波终于开始闪闪烁烁。不晓得是不是莫小西的错觉，他的脸好像也红了。两个人互不相让地沉吟片刻，绷不住的夏飞首先认栽，放低声音凑近莫小西：“说吧，你想怎么样？”

莫小西满意地收起手机：“先叫两句莫小西公主大人来听听。”

“你别……”

“好啦，”莫小西大方地拍了拍夏飞的肩膀，“我也不难为你了，上次跟你说过的龙虾餐，你兑现了就行。”

“好吧。”

“没完呢，”莫小西扬了扬下巴，“我要最贵、最好的，吃到我满意为止。”她故意做出一副做作的悲伤表情，“我想不光是女编们等着‘听笑话’，可爱的小读者们也一定会想‘听笑话’的……你也不希望欧阳夏飞的男神形象毁于一旦吧？”

“……行。”夏飞解开眉头，居然笑了，“莫小西，你是在威胁我吗？”

“怎么能说是威胁呢，我们明明互惠互利！”

“好啊！我带你去吃龙虾，吃到你满意为止。”他继续眯着眼睛保持笑容，“不过你可得给你手里头那些东西捂严实了，我的忍耐是有限度的，你要是敢泄露出去，别怪我灭你的口。”

莫小西回敬他一个微笑：“当然，成交！”

她自是能做到把她手里的东西保密，不过先前词词拍的那些照片，她可就管不着啦。

好歹威胁人一次，还是要有点儿诚信度的。

但她似乎没考虑过自己以后可能被夏飞抓住把柄的情况。等那时候他肯定要逼她认错道歉的，也没什么大不了的——就算她认错了，但她下次还敢。

4

事实证明，作妖还是要有个度的。

莫小西压榨夏飞连着吃了几顿小龙虾大餐后，她的胃英勇抗议了。实话实说是不可能的，她铁定会收获夏飞一连串惊天动地的嘲笑，以后她在他面前就彻底抬不起头了，所以她决定请假一天自己去医院解决。

虽然自己去医院孤独了点儿——

就在莫小西脸色发白地端坐在诊疗室，给她诊断的医生还没拿掉口罩的前一秒，她都是这么想的。

“哪里痛，给我指一指。”

戴着口罩的小医生声音温柔得像三月的小雨，淅淅沥沥地打在莫小西的心口，又像热度刚刚好的暖宝宝，覆盖在莫小西肚子疼痛的地方，既熨帖又安心。

“是轻度肠胃炎，”小医生黑亮的大眼睛自下而上盯着她，在看过她的血检报告后下了定论，“没什么大问题，吃几天药就好了，注意少油，忌辛辣。”

小医生说了啥?

莫小西一句没听进去，光顾着看小医生忽闪忽闪的长睫毛了。

“女士？”小医生的眼睛闪过一丝诧异，在呆愣的莫小西眼皮底下摘下口罩，“问诊单上有我的电话，用药有不适随时联系我，一周后可以再来复查。”

什么叫因祸得福?

小医生摘掉口罩那一瞬，莫小西感觉花都开了。

联系联系，必须联系，复查复查，一定复查——拥有秒杀众人声线的小医生同样拥有秒杀众人的颜值，精致的五官、内敛的笑，四十五度角的颔首间还带着涵养和礼貌。

哎呀，好像没有办法让自己的眼睛从他脸上移开呢。

“女士，您还好吗？”

小医生见莫小西一直不吱声，以为她是不舒服，刚想叫她去旁边的床上躺会儿，沉浸在别人美颜里不能自拔的女生可算回神了：“不用了，”她捂着肚子矜持地咳了一声，“谢谢大夫，回头再联系您。”

小医生继续温柔微笑：“慢走，门在你右手边，小心碰头。”

走出医院的大门，莫小西觉得她的灵魂得到了升华。

“主治医师是个年轻帅哥”这种好事儿实属难得，莫小西摩挲着衣兜里的问诊单傻兮兮地笑：如果全世界的医生都能这样帅气又温柔，不药而愈的病人大概会多很多。说来也怪，明明她来的时候还被肚子折磨得苦大仇深，现在好像真的不怎么疼了。

帅哥，果然拥有神奇的治愈力量。

5

间隔一个周末，莫小西吃了三天药后身体已经大好，又能活蹦乱跳地去上班了。

她一进门就得到了同事们深切的关怀和慰问，毕竟她刚发病时又烧又吐的，给大家都吓坏了。词词忧心忡忡地摸了摸她的肚子："真的好了吗，不再歇两天？"

"没事，"莫小西元气满满地握了握拳，"甚至还能再加班仨小时。"

"担心什么，单细胞生物的恢复能力都很强的。"夏飞侧过头来插话，语调轻松，甚至有些微上扬，"是吧，莫小西？"

"嗯。"莫小西含含糊糊地应了一声。

"咦，有些人怎么就这么口是心非啊，"词词叹了口气，真情实感地拆台，"有些人周末不好意思直接关心人家，只能不停从我这儿旁敲侧击地打听情况……"

"阿朱姐找你。"

"什么？"

夏飞摸了摸眼皮，有些心虚地打断词词，无辜地抬眼："真的找你了，快点儿收拾收拾去会议室。"

词词火速拎起笔记本，并冲夏飞习惯性地飞起一个拳头，不过以往都能灵敏闪躲的人此刻却在愣神，导致那一拳精准地砸在他肩上，发出"咚"的一声响。

夏飞在看莫小西，虽然他自己不太愿意承认。

在他吐槽她是"单细胞生物"之后莫小西竟然没回嘴，这就很不科学了。莫小西在注意手机，她每隔三十秒就要按亮一次，还伴随着间歇性的傻笑，这种傻笑夏飞以前只在她看偶像剧的时候见过。

"你干什么呢？"夏飞发誓他没想问，是嘴先动的。

"啊？"莫小西闻声抬头，"聊微信啊。"

"上班时间聊什么微信。"

莫小西非常真诚地抬起手机："我在跟我前几天看病时的主治医生

说话，汇报一下我现在的情况，”她眉心一垮，“这还要批评我，你不会这么没人性吧？”

这话说的，他倒还真没法反驳。

莫小西还大方地把聊天记录展示给他看了，夏飞虽然心里觉得有点儿不对头，但没立场像查户口似的扒着不放，便悻悻地别过头，自做自事去了。

本来这个微妙的小插曲他都快忘了，结果莫小西突然推了他们周末的聚餐，说要去医院复查。这也无可厚非，结果过了一周，莫小西又说自己有点儿咳嗽，要再去医院看看。

以前连感冒发烧都不想吃药的人好像是个假的，夏飞一直没找到合适的机会怼她又抽的什么风，只能在跟词词聊天的时候模棱两可地切入：“莫小西最近，体质挺弱啊。”

词词若有所思：“没有吧。”

“她不是都去好几次医院了？”

“大兄弟，你还是太年轻，”词词笑眯眯道，“人家是醉翁之意不在酒。”

夏飞抬起眼睛：“什么意思？”

“你没发现小西最近状态很好，整个人都是春风拂面的状态吗？听说先前她生病时的主治医生是个大帅哥，给她迷得够呛，”词词轻拍了拍夏飞胸脯，感慨道，“她还给我看了她偷拍人家的照片，唉，真的很帅。”

6

又是一个阳光灿烂的周末，适宜宅在家里吃零食刷剧。

夏飞向莫小西发来健身邀约时，她正瘫在床上思考着怎么才能跟帅哥医生更进一步。现在两人倒是联系上了，可还停留在干巴巴的医患关系上，莫小西觉得自己的进度有点儿慢了。

“健身？”

不说别的，欧阳夏飞约她一起健身，这件事本身就存在怪异。

莫小西脑补了一下健身房里的腰酸背痛、汗流浃背和躺在家里的凉爽适宜、舒舒服服，流畅地对着屏幕翻了个白眼，握着手机一个字一个字地敲：我不去。

“来不及了，”夏飞已经一个电话打过来，听筒对面的声音有点儿咬牙切齿，“赶快下来，我在你家楼下。”

莫小西差点儿把手机甩飞了。

他这是威逼，是胁迫！

脸都没来得及洗的女生迅速撸掉脑门上的眼罩，弱弱地握着手机缓步踱到窗口，小心翼翼地探出半个头，果然看见夏飞站在她家楼下，穿着简单的白色半袖T恤和水洗蓝的牛仔裤，单手插兜，小松似的岿然不动。

简直是尊雕像！

莫小西冲下面做了个鬼脸，好巧不巧，少年像能感知一般抬起头，正对上她不服不忿的眼神，把她吓得缩了脖子就往窗根下面猫。

十五分钟后，飞速洗漱完毕的女生气喘吁吁地站在男生面前。

“满意了？”莫小西双手叉腰，被日光刺得眯了眯眼睛，“你干吗突然拉我去健身？”

夏飞撇嘴笑了笑：“看你最近经常身体不适。”

莫小西歪了歪头：“你……”

“不是我硬要关心你，”夏飞收了笑容，翻脸如翻书，“敢情你天天因病请假，耽误了工作进度，算你的还是算我的？”

在被人像拎小鸡一样带到健身房之前，莫小西还想反驳来着。

她才没天天请假，还有，就算她真的耽误了工作进度，也算不到他头上啊。

作为健身房资深会员的夏飞一路跟好几个人打了招呼，显得游刃有余，莫小西则是到了新环境就一头蒙的性格，只得跟在夏飞身边瞎转，还被一个梳着小平头的肌肉男调侃："夏飞，你女朋友啊？"

"不是，"夏飞瞥了她一眼，摸摸鼻子，"普通同事。"

他顿了顿，把肌肉男拉到一边私下嘀咕了一会儿，又折回来把莫小西推到对方面前："那她就交给你了，我相信你的专业。"说完又转向莫小西，"这位是麦克，这里最好的健身教练，你就跟着他好好练吧。"

"你好，我叫麦克，"肌肉男主动向莫小西伸出手，"现在的年轻女孩很多都不注意锻炼身体，疾病慢慢就埋在身体里了，你不用担心，很轻松的，跟着我一起恢复健康。"

"那你呢？"莫小西下意识地看向夏飞。

"我去练我的啊。"

"啊……喂！"

莫小西绝对不是被人卖了还帮人数钱的傻子。但在肌肉男麦克温柔地对她释放出猛烈热情时，她的"防范小宇宙"又随之歇菜了。被麦克强制压住后腰测试身体素质时，莫小西不禁悲愤地想，她这种无法跟不熟的人表达拒绝意愿的性格，一定得改掉。

从踏进形体区那一刻，麦克就一改刚刚的温柔暖男形象，亮着大嗓门让莫小西做几个测试动作，皱着眉头神情严肃，活像从地狱里冒出来的男夜叉。

"你这身体素质也太差了吧，"麦克捶了捶她的后背，"瞧瞧这骨骼肌！还有这脊柱，都弯了！"他又按了按她的颈椎，果不其然收获一声叫唤，"脊椎也不好，是不是总爱低头玩手机？你根本就不运动吧？"

"我运动，但我……我是编辑，"上半身被麦克压住动不了，莫小西艰难地解释，"坐办公室的硬性工作，我也没办法。"

"你不是夏飞同事吗？你俩一样的工作，"麦克显然无视她的解释，嘲笑道，“可他的身体就很好。你真得锻炼了，看着挺瘦，居然还有小肚子。”

这种羞耻的事情就别说得这么直白吧！

不知是不是莫小西的错觉，她好像看见不远处跑步机上的夏飞往这边看了一眼。

“坐位体前屈也不行，筋太硬了，你平时都不运动吗？”麦克继续嘲讽。

“我运动的……”

“挺胸收腹！仪态也不怎么样，我看你就没运动过。”

“我……”

得了，健身教练都听不懂人话，这是真的。

等到她被麦克折腾一个来回，跟条咸鱼似的躺在瑜伽垫上仰头呼吸时，那边夏飞也从跑步机上下来了。

男生额角布着细密的汗珠，肩头搭着白毛巾，居高临下地低头看向莫小西。他还带着运动刚结束的微喘，拧开矿泉水喝了几口，脸上浮动着笑意：“怎么，晕菜了？”

“欧阳夏飞，”莫小西滚动着干涩的喉咙，“你跟我有多大仇？”

“怎么了？”

“我看你不是想让我健身，你是想整死我！”

“整死你对我有什么好处？”夏飞把另一瓶没开封的矿泉水凉凉地往莫小西脸上一贴，直起身，“你现在会觉得不舒服，说明你真的缺乏锻炼了，我好心拉你一把，为时不晚。哦，对了，十分钟之后就有瑜伽课，记得过去上。”

就在她咸鱼“躺尸”的这段时间里，某人不但先斩后奏地帮她办了健身卡，还要求她每节健身课都要上，就算不在工作方面，他的专制也体现得一览无余。

哇，真是够狠！

7

出来工作明明没多久，莫小西却觉得自己好像已经到达了生活的低谷。

自从上次被夏飞拖去健身房，周一她几乎是爬着去上班的，丧里丧气、浑身酸痛，凄惨得宛如软体动物，把编辑部众人都吓了一跳。

这还不够，夏飞还带着她每周定时定点光顾健身房，理由倒充分，说健身贵在坚持，如果达不到效果，那么她之前的那些苦和疼也就都白受了，害得她从健身房脱胎换骨回家后只想埋头大睡，无暇顾及接近医院的帅哥医生。

等她再抽出周末时间时，已经不知不觉在健身房锻炼了一个来月。

虽然嘴上嘟囔、心里不爽，她的身体素质变好了也不假，锻炼是长久之计，没法一蹴而就，她也该歇口气忙忙自己的事了。

可当她满心欢喜地去了医院，却得到一个令人失望的消息。

帅哥医生居然已经不在那里了。

“调走了？”莫小西厚着脸皮跟人再三确认，“确定调走了吗？”

善良小护士偷笑着为她解答：“其实除了你还有好几个人来问过，赵医生确实已经调回自己老家的分院了，就在一周前。”

莫小西失魂落魄地回到家，其实还抱着一丝希望。

如果是那个小护士也对赵医生有好感，故意骗她的呢？等莫小西鼓起勇气在微信上又问了帅哥医生一次，得到的是相同的答复后，她才彻底死心。

她气得点了一大桶肯德基，以暴食来纪念她还未开始就已结束的恋爱。

暗恋不靠谱，莫小西一边咬着鸡腿一边下定决心，以后再遇到心仪的对象一定要先下手为强，可不能再矜持地暗中试探了，不然溜走的就不是一个帅哥医生那么简单，而是她空耗了这么久的青春年华……

并且，她决不允许有人再在她勇往直前的道路上设路障！

莫小西越想越气，这次错失良机，某位四字男人功不可没。

提起夏飞倒有些奇怪了。她们编辑部向来存不住秘密，只要一个人知道了某事，不出半天所有人都知道了，所以她暗恋帅哥医生的事儿成为前段时间编辑部茶余饭后的谈资，她一点儿都不意外。

奇怪的是夏飞的态度，按常理来说，他笑话她犯花痴的程度都算轻的，可这件事从开始到结束他都没表态。直到她第二天上班，所有人都当她失恋来安慰，夏飞不但不闻不问，还一副心情很好的样子，这台“工作机器”甚至在工作之余打破常规哼起了小曲儿。

人逢喜事精神爽，夏飞那样子俨然自己明天就要结婚了。

“你有什么喜事吗？”莫小西突然有点儿不爽。

“工作顺利，不值得喜吗？”夏飞笑道。

“少跟我在这儿抖机灵，”莫小西更加不爽，“你是知道的，对吧？”

“知道什么？”

莫小西吸了吸鼻子：“你以为我看不出来你在幸灾乐祸？”

“那我觉得你是误会了，”夏飞笑意明显，“我干吗要幸灾乐祸？再说了，你那叫哪门子失恋？”恋都还没恋呢。夏飞在心里补了一句。

看吧，就说他心里门儿清！

莫小西揭竿而起：“哇，你这说的什么话？虽然你看我一直不太顺眼，但我劝你最好尊重一个少女的情怀！”

毕竟少女情怀总是诗。

夏飞看对面女生张牙舞爪又有点儿受伤的模样，叹了口气：“我在你心里到底是个什么样的人？”他起身拿起莫小西的空茶杯，帮她接了杯水，“我要真看一个人不顺眼，我绝对不会允许那个人天天在我眼皮底下烦我。”

他又拿起自己的水杯呷了一口，水汽蒸腾在他眉宇间，把他的声音都氤氲得模模糊糊：“没必要为了这种小情怀端出伤心伤肝的架势，以后的路那么长，小姑娘早晚能等到更真挚的感情，到时候就算你要死要活，我也不劝你。”

欧阳夏飞不是什么知心哥哥，也不是什么情感高手。

别看他给莫小西讲起道理来一套一套的，其实真的轮到自己的时候，他也不见得能比别人处理得更好。

不想让莫小西天天找借口跑医院。

他心里有个声音这样说，可是到底为什么，他也不愿细想。

他不会讲实话的，强拉着莫小西跟自己健身纯属头脑一热，但是几番下来，看着莫小西被体能训练折磨得嗷嗷叫唤，也挺有意思的。

他是经常健身没错，不过从前他也不会每周花时间去健身房，毕竟自己大部分的时间都献给了工作，剩下的可支配时间里他喜欢社交游玩，比起规律地养生，他更偏向于享受生活。

“你不去健身了？”

因此周末莫小西惯常叫他一起去健身房时，他开始拒绝：这周不去了，有空再说。

莫小西有点儿摸不着头脑：不是说健身贵在坚持吗？锻炼是长久之计吗？

对。夏飞眨巴眨巴眼，回复：加油，你可以继续坚持。

那你呢？

我突然发现我乃一介俗人，没有那么可贵。

哦，那我是不是应该夸夸你还挺有觉悟的啊？莫小西惊得下巴都要掉了，这人到底是怎么做到如此理直气壮地胡说八道的？先前强拖着她走向健身之路，现在她好不容易来劲儿了，他倒熄火了。

那好吧。莫小西想了想，决定试试激将法：师父领进门，既然师父都放弃了，那我这个做徒弟的再坚持也没什么意义了。

言外之意就是，半途而废，他这个做师父的也脸上无光。

夏飞好半天没有回消息。

聊天界面显示了好半天“对方正在输入”，莫小西握着手机的手微微颤抖，双眼放光：看，他就要生气了，快点儿来怼她，她就能顺理成章地怼回去……

行啊，我不管你，但你健身卡上没用完的次数我可不帮你退。

莫小西“砰”地把手机丢回床上。

欧阳夏飞其人，不但胡说八道得理直气壮，过河拆桥也很理直气壮。

酒
红牛

第四章
把莫小西裹上面包糠油炸，隔壁夏飞都馋哭了

1

莫小西不相信那些算命真人，所以她求助于编辑部里唯一的“开光大师”。

“茶妹，帮我算算，”莫小西主动拉开绿茶的抽屉，虔诚地将她的塔罗牌捧在手心，“我的爱情鸟能不能顺利飞来就靠你了。”

“你还真当我是神婆啊？”绿茶笑着让莫小西摸了几张牌，“你以前不是总说，女人应该专注于事业，没搞好事业之前，吃饱了撑的才会想要谈恋爱，你这么快就撑着啦？”

“倒不是撑着。”莫小西扁扁嘴，“就是觉得我本佳人，心有不甘。”

绿茶把莫小西相应的塔罗牌翻开，递给她：“我不给你深入解析了，你的机缘呢，总结起来三个字，莫强求。”

那她若就想强求呢？

绿茶目光炯炯：“我听说帝都附近有座寺庙，要不你抽空去转转。”

她莫小西是那种会把终身大事寄托到这上面的人吗？

不过，去散散心好像也不错。

“……在哪儿？”

“……”

莫小西查过了，她去祈福简直天时地利，马上就要迎来一个宽裕的小长假。

就是人不太和，因为她在编辑部问了一圈儿，众女编要回老家的回老家，有约的有约，绕过来绕过去，最合适的好像又只剩下那一个。

“干什么？”夏飞下意识地往外躲了躲。

“你假期不是没什么事儿吗？”莫小西挤出一个谄媚的笑容，“反正闲着也是闲着，你陪我出去逛逛呗？”

“听说你要求姻缘签。”夏飞笑了笑，刚刚她跟绿茶的对话他可是一字不落地听到了，“让我这个冤家陪你一起去，你不怕折损啊？”他托着腮若有所思，“到时候你万一抽了个下下签，再找我算账怎么办。”

“……没关系，我肯定不迁怒于你。”

“我不信，你要立下字据。”

“……”

要不是那座寺庙地处偏僻，祈福又要赶早，莫小西肯定不会拉下脸去求这个毒舌怪陪同。

好在他折腾一通之后同意了，假期第一天，为了讨个好彩头，俩人便趁着夜色茫茫搭巴士早早往寺庙去了。

可很快地，莫小西就遭遇了这个重要祈福日的第一个倒霉事件——堵车。

然而她不知道的是，这是第一件，但，不是唯一一件。

2

“这车堵了多长时间了？”莫小西脸色有些发白，弱弱地打开窗户透气。

“快一个小时了吧，”旁边假寐的夏飞睁开眼，摘掉耳机，又侧头看了看她，“你不舒服？”

“有点儿晕车，”莫小西抬手在腮边扇了扇，下意识地看了看夏飞，“又……又有点儿想吐……”

“喂，你可千万别吐我身上啊！”夏飞状似嫌弃地把莫小西的脑袋推远了点儿，给她准备了塑料袋塞进前面的椅背里，“怎么不提前吃好晕车药？”

她怎么知道会临时堵车。

见女生连呛自己的劲儿都没有了，大约是真的难受，男生也默默消停下来，从口袋里摸出一块薄荷糖塞到女生嘴里，又拿出一张冰贴轻柔地贴在对方前额上。

车子有了点点发动的迹象，夏飞把大开的窗户往回拉了拉："忍一忍，就快到了。"

晕车搞得莫小西浑浑噩噩，她缩在靠背上强迫自己睡着之前突然想，也就是她处于弱势的情况下，某人才会说些好听的、做些有用的，还算……挺有男友力的。

睡着的时间总是过得很快。

等莫小西醒来时，大巴还在徐徐前进，透过窗户能看见寺庙前金色的塔尖。

"到了，下车。"

晕车后遗症还没完全消散，莫小西被夏飞拽下车的时候，抬头瞥见乌泱泱的祈福人群，又开始头昏脑涨了，脚下一软差点儿摔倒。

"还不舒服？"

"有点儿，"莫小西揉揉眼睛，"你先扶我到休息区坐会儿吧。"

早起加上晕车害得吹了半天风的莫小西依旧萎靡不振。

夏飞默不作声地陪她坐了会儿，又转身去旁边的便利店给她买了瓶红牛："你试试这个，提神的。"

"这能行吗？我连喝咖啡都不管用……"

"你试试。"

莫小西皱着眉头将信将疑地喝了几口。

她从前是不怎么相信这种广告泛滥的功能性饮料的，总觉得它们的饮料属性大于功能——现在她发现了，无论什么东西，自己尝试远远要比凭空想象来得真实。

"还挺甜的，橙子味儿。"莫小西一不小心把一瓶都喝掉了，舔了舔嘴角，"还挺解渴的，带劲儿！"

“现在精神点儿了吗？”

要不是夏飞问她，她自己都没注意，混沌的脑子突然清明了，眼前刚刚还像糊了一层雾霾，现在却变得明亮异常，整个人精神得……好像有点儿亢奋。

“真的好用哦，欧阳夏飞！”

莫小西抬手“啪”地一拍男生的肩膀，对方猝不及防被她偷袭，疼得龇牙咧嘴，不可置信地睁大眼睛：“你打我干吗？”

“我没打你，”莫小西笑嘻嘻的，“我是感谢你，你可别小人之心啊，欧阳夏飞！”

男生笑得很勉强：“你要想谢我，来回的路费给我报了吧。”

莫小西又“啪”一掌拍向男生后背：“太小气了吧你，欧阳夏飞！”

男生疼得眼泪都快出来了，莫名其妙地捡起她放在一旁的空罐子左看右看——确定自己买给她的是饮料不是酒……

莫小西这个奇葩，连喝个功能饮料反应都比正常人强烈。

眼看莫小西又要对他上手，夏飞无暇多想她是不是趁机公报私仇，要再这么下去，他俩今天就白来了：“你还求不求签啊？”他抬起手表看了一眼，“我上网查了，这家寺庙求签开放到上午十点，过期不候。”

“现在几点？”莫小西看上去好像一点儿都不急。

“……还有十分钟。”夏飞笑得很坦荡。

3

求签不顺，莫怪天时。

夏飞的话好像瞬间把莫小西从云端拉回现实，她后知后觉地“啊”了一声，清秀的小脸皱成了苦瓜：“那怎么办啊？”

夏飞不急不缓：“来不及就算了，以后……”

“不行！”莫小西咬了咬牙，“不是还有时间吗？快点儿跑，肯定能赶上！”

赶上倒是赶上了。

从休息区到寺庙求签区，莫小西只用了短短三分钟，不知道是不是刚刚红牛的功效，连大气都没喘。

后方的夏飞被她的随心所欲支配得快脱力，他冲天翻了几个白眼，就看莫小西像枚小钢炮似的砸向售票口，大声冲里喊道：“您好，两张求签票！”

两……两张？

夏飞舔了舔嘴唇，咋把他也算上了，他可没想求签！

售票口内的大妈探出头：“八十。”

莫小西干脆利落地打开手机，四下看了看：“请问一下在哪儿扫码付款？”

大妈不耐烦地又探出头，短粗的手指敲了敲玻璃窗旁边小小的公示板——只收现金。

莫小西转过头，脸有点儿垮，愣愣地问夏飞：“带现金了吗？”

夏飞一摊手，耸耸肩：“这年头谁还随身带现金啊……”

以前莫小西总叹服网络时代的发达，自从开通网上支付，生活可是肉眼可见地便捷，现在被逼到这个节骨眼却寸步难行，看来网络时代，还是有弊端！

时间一分一秒流逝，指针每跳动一下，莫小西都在丢掉一个机会。

夏飞在她期待的目光下摸遍了自己的口袋，最后也就找到皱皱巴巴的十块钱，还是之前洗衣服的时候忘拿出来的。

莫小西深吸了口气，刚想试试看能不能从哪个好心人身上用网银换点儿现金。

大批的签客便络绎不绝地往门外走，每个人手上都拿着一道符签，神色各异。

而与此同时，夏西二人同时听到寺内的晨钟鸣响。

莫小西低头看了看时间：差两分钟十点，还没到点儿就锁区，她要举报！

夏飞无奈地摸了摸后脑勺："呃，咱们走吧！"

莫小西冲他扁扁嘴，仿佛下一秒就要哭出来了。

夏飞被她的表情逗笑了："都说强扭的瓜不甜，那你这强求的签大概也不灵……"他抱臂跟着人潮往外走，歪头揶揄道，"我看你求个姻缘却三番两次被阻在门外，也许是天意，莫小西，啧啧，脱单难啊，真难啊。"

身后踌躇的脚步停了。

其实说句实在的，只要你用完整的热情去期待某件事，不论走不走形式，哪里都有上上签。

看莫小西懊恼又纠结的模样，夏飞本来只想逗逗她，可说者无意听者有心，对方很明显只记得这句话里最坏的含义。

他诧异地回过头，看见女生定在原地复杂地盯着他，眼眶甚至有些泛红。

"怎么了？"

"欧阳夏飞。"女生眼中渐渐渗出怒意，"没想到你真的这么想，看我孤独终老你是不是很开心？"

完了。男生心里一紧，呼吸一窒："我当然不……"

"行了行了，别说了。"莫小西在原地摆了摆手，整个身体呈现出拒绝的姿势。

她咬住嘴唇四下看了看，在她自己还没反应过来的时候就已经冲向了不远处的商场，"你在这儿等我一下吧，我去上个厕所。"

4

太生气了。

莫小西当然不是真的内急想上厕所，但女生在不知该如何处理愤怒的时候总会下意识地想逃避，现在她坐在商场洗手间的马桶上平复心情，却越平复越想哭。

回想这一上午，简直不能用惨来形容。

想她一腔热血的适龄少女就想给自己祈个福，求个缘，至于这么接二连三被打击吗？

莫小西居然真的认真思考了一下，难道她真的会孤独终老吗？

其间夏飞给她连打了三通电话她都没接，坐马桶坐得屁股都麻了，她才恍恍惚惚地吸了吸鼻子，卷纸冲水，站起身一扣裤门——

“吧嗒”，裤门扣随着她起身的动作准确无误地滚进了马桶里。

“……”

莫小西瞠目结舌地攥住裤门，鼻子一酸，才止住的泪意又汹涌而上。

她莫小西还真是惨，倒霉到连裤子都要让她难堪！

如今她不是屋漏偏逢连夜雨，她是屋顶整个都没了又遇上瓢泼大雨，淋得她措手不及，狼狈得像个落汤鸡。

偏偏这时候夏飞又打电话来。

她犹豫了半晌终于接通，在听见对方声音那一刻，所有的委屈都涌上心头，说话都带上了哭腔：“那个，我在商场一楼的厕所，你能不能过来帮我个忙……”

五分钟后，莫小西跟做贼似的出来了，脸色发青，眼睛通红，可怜巴巴地望着他。

等在门口的夏飞看她那副可怜又可爱的样子突然又想笑了，不是嘲笑，就是觉得她这个人从头到脚都好玩。

不过他刚因此碰过壁，所以他硬生生把笑容憋了回去，摆出一副关切的严肃脸：“你怎么了？”

迎面走过来几个人，莫小西艰难地往夏飞身后一躲，小声道：“我这个裤子……”

虽然她话没说全，但夏飞很快就从她攥紧裤门的动作明白过来：“噗！你……”

“不许笑！”莫小西凶巴巴地警告，“都是你害我这么倒霉的！”

“行行，都是我不好。”夏飞接纳了莫小西没有原则的“乱咬”，轻轻笑了，“那你总不能这么出来吧？我去商场里给你买条裤带应急，你先回卫生间里等我一会儿。”

呜呜，那也只能如此了。

莫小西扒着卫生间的门栏看着夏飞跑远的背影，委屈消散了大半，忽然感到心安。

前后折腾了一通，终于顺利坐上返程巴士的莫小西显得过分安静。她听着歌眼睛一眨不眨地盯着窗外倒退的树影，忽然间被人扯掉了耳机。

“先把晕车药吃了，以防万一。”

夏飞把水和药递过去，见莫小西面露疑惑，简单解释道，“去便利店的时候顺便买的。”

那你可真是很贴心哦。

占人便宜者手软，受人恩惠者脸红，又手软又脸红的莫小西咽下药片，听见头顶斜上方传出一声笑：“还来不来了？”

“不来了不来了。”莫小西斩钉截铁。

这地方给她不怎么坚强的少女心留下了阴影，她再也不打算来了！

“对不起，”夏飞沉默片刻才道，“今天不该开你玩笑，但你别误会，我绝对不是你想的那个意思。”他别过脸跟莫小西对视，有点儿忍俊不禁，“我认识的莫小西不是那么不理智的人啊！祈福本身就是一种寄托，你不要太在意了。再说……你就对自己那么没信心吗？”

“哪里没信心了？”莫小西扁了扁嘴。

“你会有个好姻缘，相信我。”

“那……万一真不成呢？”

巴士里大部分乘客都睡着了，空气安静，司机在放音调柔和的爵士乐。夏飞注视她的眼神有一瞬变得很温柔，莫小西突然有点儿紧张，手指下意识去挠腿下的坐垫。

“那……”

“什……什么……”

“你脑子里想什么呢？”

巴士突然来了个急刹车，莫小西反应不及，脑袋闷声砸在前座的椅背上。等她揉着头再抬起来时正对上夏飞龇起的白牙，“你是不是觉得我会跟你约定什么浪漫的承诺，比如等到三十五岁时我未娶你未嫁，我们就在一起？”

“不然呢？”

“要是真到了三十五岁你还没嫁，我肯定特意给你发短信，说，莫小西你太菜了，莫小西你怎么还没把自己嫁出去啊，丢人！”

“喂！”

“你少看点儿偶像剧吧！”男生心情很好地继续挂上耳机，闭上眼睛往背后一靠，“脑瓜越来越不灵光，笨蛋。”

呵呵，莫小西鼓着嘴气冲冲地背向男生，把脸埋进遮阳帽里。

这才是剧情应有的正常发展，刚刚的温柔都是幻觉，让它跟着欧阳夏飞这个毒舌怪一起见鬼去吧！

5

倒霉一天的莫小西一回家就抱着抱枕睡得香甜。

殊不知那厢得知她跟夏飞一起去祈福的“扛起夏西大旗”小分队早就蠢蠢欲动，就等放假结束回编辑部听八卦。

“小西求签怎么样？”走在扛旗前线的湘歌率先出动，眼神若有似无地往刚进屋的夏飞身上瞟了瞟，“签上怎么说的？有没有说什么‘近水楼台先得月’啊，‘怜取眼前人’啊之类的？”

“我劝你们最好别问她了，”夏飞把书包往工位上一丢，咳嗽一声，“不然小心她因为触及伤心往事爹毛，暗杀你们。”

看莫小西的脸色是蛮差的，湘歌不明所以地挠挠头：“怎么了，小西，不太顺？”

岂止是不顺啊，都快堵成糨糊了！

莫小西深吸了一口气，假笑道：“签没求上，不过你们不用问我到底发生‘什么’了，我是不会主动透露糗事给你们当读编会素材用的。”

另一边已经打开文档准备记梗的彭彭悻悻放下了手。

“什么情况？”湘歌得空溜到Fairy身边，“我看小西都不怎么搭理夏飞了，我的夏西大旗不会要倒了吧……”

“我看夏飞倒是挺高兴的。”Fairy饶有兴趣地道。

“他俩以后不会再也不理对方了吧？”湘歌忧心忡忡，“都是同事，天天抬头不见低头见的，闹掰了不好！”

“傻女孩操心过头啦！”Fairy摸小孩一样拍拍湘歌的头发，“他俩才不可能闹掰。”

就夏飞对莫小西的关注程度，套用最近很搞笑的一句话，怎么形容来着——

如果把莫小西裹上面包糠油炸，隔壁夏飞都能馋哭了。

众人各怀心事地做了一上午工作，中午莫小西正歪在工位上晒着太阳打饱嗝，突然被词词点名：“夏飞、小西，你俩来会议室一趟。”

两个人有些错愕，拿好纸笔出门后夏飞碰了碰莫小西的胳膊：“你又干什么坏事了？”

“别给我泼脏水啊，”莫小西偷偷瞪他，“我可没干。”

嘴上反驳着，莫小西心里倒真的开始忐忑了，难道她最近又出什么纰漏了……

“今天找你俩来呢是好事儿，”词词看他们正襟危坐的样子，忍不住笑出了声，“夏飞，你带小西时间也不短了吧？”

“嗯。”男生淡淡地应了声。

“阿朱姐觉得小西是时候出师了，”词词笑眯眯的，“嗯，以后小西所有的工作都可以单独完成，你也知道你师父素有‘畅销书之王’的称号，我觉得你有能力跟他PK（比赛）一下，把这个名号抢过来。”词词拉住莫小西的手握了握拳，“我看好你！”

“过分了啊，”夏飞皱了皱眉，“你怎么不鼓励鼓励我？”

“你还用得着鼓励啊？”词词话锋一转，“就从现在开始，阿朱姐说年底结算你们俩的业绩，赢了的人有奖金，”词词煞有介事地顿了顿，“优厚。”

莫小西的眼睛蓦地亮了。

她因为夏飞窝的一肚子火正愁没地方撒呢，如今给了她一个堂堂正正跟他PK的机会，她怎能不抓住？她跟夏飞不约而同看向对方，火药味不知不觉蔓延开来。

“以后我就不是你徒弟了。”莫小西斜了一下嘴角，拱手道，“那就承让了。”

夏飞回了个挑眉：“拭目以待。”

6

“畅销书之王”的争夺战悄无声息地拉开了序幕。

莫小西自诩不是一个会为了工作鞠躬尽瘁的人，从前她只想着把手头的工作做好，也没想过要去争去抢，做出什么丰功伟绩。

如今有了这场PK，那就不战不快了，尤其对象还是夏飞……哼哼，那她就更不能输！

虽然她赢面也不大。

编辑部那么多资深员工，现在的莫小西不能说是菜鸟了，但也还是个雏鸟，领导给她这个任务是信任她，她不能辜负信任，只能加倍努力。

可她低调，不代表没人嚼舌根。

经过一番努力，她负责的一本书真成了销量冠军，领导公开表扬了她。这种被端上台面的高人一等本来就容易招来嫉妒，她告诉自己不用在意，但细微的压力积累多了，总会让人难过。

“你很累？”

“啊？”莫小西反应了半分钟才听清夏飞这句话，“没有啊。”

“才怪，”夏飞狐疑地凑近她，“不就让你去综合部取点儿样书吗？瞧给你累的，一副无精打采的样子。”

莫小西沉默了。

来公司这么长时间了，她从没如此尴尬过——

还真让夏飞说着了，先前她下楼去综合部取样书，等了半天电梯也不来，她想了想准备走楼梯，反正也没几层。

可还没等她上几级楼梯，就听见转角的楼梯口有人谈话：“就是那个莫小西……”

要不是听见了自己的名字，她大概不会注意。

“小MM组的……刚来公司没多久，已经升到跟夏飞平级了。”

“对啊，她那本销量好，不还是从夏飞手里接的书吗……”

啥？我升职了？我自己怎么不知道？

剩下还说了什么莫小西已经不想听了，她在原地站了会儿，最终踏下台阶，特意抱着书昂首挺胸地从楼梯口拐了一下，小皮鞋砸在地上啪嗒响，留下背后的人脸上青一阵白一阵。

但她还是被伤了一下。

“喂？”

夏飞抬手在莫小西眼前晃了晃，这姑娘愣神半天了，连他后面故意骂她蠢蛋之类的话都没听进去。

“你今天早点儿下班吧，”他真情实感地皱了皱眉头，“这样工作也没效率。”

“我不累，”莫小西托着脸，好像在跟自己赌气，“我才不早下班，被人说闲话。”

“……你到底怎么了？”

她怎么了？

她因为被人误会说闲话而压力过大这事儿，就算要坦白也不能跟她的竞争对手坦白啊。

“我说呢，我就说你最近状态不对。”

“就是啊，唉，嚼舌根的人怎么就那么烦呢！”

莫小西看了看眼前这几个“能坦白的人”——彭彭、绿茶、湘歌，下班时间一到她就以闺蜜聚会为由把她们拉到了公司对面的烧烤店：“我倒也不是很在意那些，就是感觉有点儿累，”说着她又给自己倒了一杯冰啤酒，“就让你们陪我发发牢骚。”

“要不你歇两天吧？”彭彭建议道。

“那不行，我手头的长篇马上就要送去印刷了，我得看着，”莫小西挥舞着手上的烤串，“哦，对，这事儿你们别跟夏飞说啊！”

“要我说你也不用这么拼。”湘歌眼看着莫小西又灌了一杯啤酒，心疼地咂咂嘴，“其实就算年底是夏飞得了奖金，依他的性格，肯定会跟你五五分的。”

“不是一码事，不争馒头还争口气呢。”莫小西悲伤地拄着下巴，差点儿把筷子戳进鼻孔。

其实也不是她非要争那个奖金和头衔，但当初放出豪言壮语，怎么也得尽全力拼一把——放话一时爽，她还是太年轻。

“能力不足才会让人说闲话。”莫小西深沉地自我反思，“都怪我不够优秀，等我真的混上畅销书女王的位置，我就狠狠抽他们的大耳刮子。”

不不，“混”这个字用得不好，应该说“荣登”。

“小白菜啊，地里黄啊，莫小西啊，有点儿惨啊……”

饭吃到最后莫小西开始有些胡言乱语的趋势了，本来众人已经做好了她要抱着啤酒瓶哭号的准备，结果被绿茶一句话打破：“小西，你家王凯最近要录节目了吧？”

“啊？”

“你想去看他吗？”绿茶不动声色，笑了笑，“我一个媒体朋友送了我该节目的票。”

莫小西蓦地站了起来：“真的？”

“我骗过你吗？”

“我宣布了，茶妹，从现在起你就是我异父异母的亲姐妹！”

对于一个追星女孩来说，想要从丧里丧气的状态中瞬间恢复活力，只需一个偶像。很显然，游走在追星前线的绿茶深谙此道。

“票在我朋友手里，你直接过去就行，到时候我让他在门口把票拿给你。”

压力大事小，见偶像事大。

莫小西绝对不可能因为工作烦闷而错失见偶像的机会，更何况见偶像的喜悦确实在一定程度上减轻了她心里的沉重，还没到录制场地莫小西就在想，等见了绿茶的朋友，第一件事一定要好好感谢人家——

可她没等到。

“夏飞？”莫小西眼睛睁得大大的，错愕地指着他手里的票，“你……你怎么在这儿？等会儿，你就是绿茶‘那个朋友’？”

“犯什么傻，”站在门口的夏飞向她走近，“我已经跟人家拿完票了，走吧，快点儿进去，录制要开始了。”

莫小西晕晕乎乎地跟着夏飞走进现场，怎么也没搞明白他为什么会出现在这儿。

不过很快她就没心情管夏飞了，偶像一出场，哪还有心情管那些旁的啊。

男生看着身边的女生心情肉眼可见地变好，也悄悄松了口气。

死要面子活受罪。

他从前觉得莫小西是个很容易看透的女生，但是不然。女生的情绪好像总是千变万化，难以捉摸，他以为最好的宣泄方式就是沟通，对方却有不同的心思。

那他就尊重她好了——以自己的方式尊重她。

节目休息的间隙，莫小西周围的粉丝都闹哄哄地围成一团。她在尖叫和嘈杂里似乎听见夏飞跟她说话了："你不是问我为什么在这儿吗？"

莫小西疑惑地转过头。

夏飞把刚刚别人硬塞到他怀里的应援手幅盖到莫小西脸上，打趣地笑了："你的好闺蜜们都'叛变'了。"

7

关于莫小西最近的压力和反常，夏飞也猜出个七七八八。

他早知从当事人口中什么也问不出来，但他不会承认自己是用不少条件才跟那几个知情人交换来了情报，他还主动承担了帮莫小西去拿票的任务。

"这年头陪女朋友来追星的人不多了啊！"绿茶的朋友把票给他，还顺便感慨了一下，"兄弟，我看好你。"

鬼知道绿茶跟她朋友提前灌输了什么乱七八糟的脑洞。

但他跟莫小西诬陷她们都叛变了的时候，莫小西只是眨巴眨巴眼睛："那跟你来这儿有什么关系？"

什么关注点？什么脑回路？

夏飞被问得差点儿卡壳，他把手臂支在脑后，顿了会儿说："这还不明显吗？她们不是一直希望我们凑在一起吗？"就算是说这种有点儿暧昧的话，他还是显得很淡定，“你不是最近心情不好吗？给我个机会接近你。”

但是莫小西不能淡定：“你可别乱说！”

“我没乱说。”夏飞眼神闪了闪，看不出是认真的还是开玩笑，“既然我们俩绯闻已经传遍全公司了，不如就坐实了吧——正大光明地‘假公济私’，怎么样？”

“你……你疯了吧，”莫小西拍拍自己微红的脸，又探了探夏飞的脑门，“绯闻都传那么久了，你别说你现在才开始在意啊？像话吗……”

“你不在意吗？”

“当然不在意啊。”

“那你干吗要在意那些闲言碎语呢？”夏飞话锋一转，“那些话就跟绯闻一样是假的。如果你是因为工作压力大，那就更没必要了，成功很少一蹴而就，我就没想你能赢过我。”

一块大石头咣当掉下来，砸扁了莫小西刚被搅乱的心绪。

他不用这么直白的，真的不用。

“不过也不一定。”夏飞看她一会儿慌张一会儿萎靡，扬起嘴角，“干我们这行的能力比经验还重要，你加油吧，万一见鬼了呢。”

“……你是在夸我能力强吗？”

“没有。”夏飞翻了翻眼睛。

“敢夸不敢承认，丢人。”

“……啊，那个你偶像又出来了，你快看。”

帅气惹眼的偶像，兴致高昂的粉丝，喧闹拥挤的人潮，以及人潮中安静淡然的夏飞。

很久以后，关于那天，莫小西的印象就剩下这些。

听上去有点儿矛盾，组合在一起却又和谐。

她或许会忘了她经历的那些东西，但她不会忘记从那天后，困扰她许久的疑难烦忧不攻自破。

有人跟你吵跟你闹，但有人，也是良师益友。

“你喜欢他什么？”节目录制结束回程的路上，夏飞盯着手幅上印着的明星照片看了又看，“因为他帅吗？凑合吧，我觉得我跟他差不多。”

“……”

莫小西把她原本酝酿了一肚子感谢的话又咽了回去。

算了，等这人什么时候学会不自恋，她再敬他三杯酒，不然什么感谢都是浪费。

8

蛰伏已久的年终，踩着文字工作者手上一具又一具的文字尸体滚滚而至。

越到年末越忙，对于刚发下来的放假公告，大家只是扫了一眼就各忙各事，仿佛放了个假年假。只有午休的时候能喘口气。湘歌迷上了网上的扫福活动，拿了个手机到处扫，转悠到莫小西耳边轻飘飘地求道：“小西你给我写个‘福’字吧。”

她那边还忙着，拿起笔看也不看就随手写了一个。

“我的天啊，我扫到了‘敬业福’！”

“我的妈啊，年前最后一本长篇的后续工作终于处理完了！”

湘歌和莫小西同时叫出声，俩人面面相觑了一会儿，又不约而同地笑了出来。

“随手写的就能扫出‘敬业福’，小西我觉得你要行大运了。”湘歌扬着手机感叹道。

莫小西连忙摆摆手，可不敢随便说这种话，但这次居然被湘歌言中——

“是不是忘了年底总结的事儿啦？”要不是词词提醒，莫小西真的快忘了。她悄悄附到女生耳旁，“恭喜你呀，要拿奖金啦，哈哈哈！”

嗯？奖金？

“发什么愣呢？”路过的夏飞伸手弹了一下女生的脑门，“恭喜你……”他停下脚步过了几秒才说，“畅销书女王。”

莫小西没蹦起来，但喜悦来得很真实。

这段时间她没有刻意地要求自己一定要完成什么目标，也没特殊关注她的对手完成了多少，她只是按部就班地努力工作，现在这个结局是她没想到的。

她赢了。她赢了欧阳夏飞。

“你再说一遍？”她弯起眼睛迷迷糊糊地抓住夏飞的衣袖，“我没听清。”

“别得寸进尺啊，”男生眼中闪过一丝局促，“拿着你的奖金过个好年吧……你要再废话我可就管你要奖金了，毕竟饮水思源，分你师父一半也应该。”

“说得对！”绿茶午觉也不睡了，起身接了话茬，“夏飞啊，饮水不忘挖井人，先前答应我们的条件是不是得兑现了？我后天就要去采访明星，为期一个月的端茶倒水助理工作可以进行了。”

“还有答应给我买的网红蛋糕！”湘歌凑过来郑重地拍拍男生，“十寸的，芒果味，不客气。”

“我已经联系好我侄女了，时间就定在这周日吧。”彭彭认真道，“她喜欢你很久了，你可不能辜负人家小女孩的一腔喜爱——你答应我陪她玩一整天的，别想着跑路！”

“都行都行，”夏飞下意识地鞋跟蹭地，很不耐烦地皱眉赶人，“我都记得，不用再强调了，显得你们很掉价。”

莫小西乐了。

这是跟人做了多少见不得人的交易啊……她头一次看见夏飞这么局促，人家都说三个女人一台戏，她们编辑部有的是女的，逼急了能组个春晚。

莫小西人畜无害地对夏飞扁嘴："哎呀哎呀，王座上的空气啊，可真新鲜。"

"你快别嘚瑟了。"男生无声地笑了笑，"还没完呢，日子长着。"

9

其实还有一些莫小西不知道的事情。

比如词词在找她之前先去找的夏飞："你确定你不要奖金了？"她在男生这个毫不犹豫的决定里睁大了眼，"你俩最终的任务总量是一样的，阿朱姐说奖金可以平分。"

"我缺那点儿奖金吗？"男生表演出的"大款论调"毫不走心，"她经历还少，需要鼓励。"

"也没比人家大多少，说得你七老八十了似的……"词词不留情面地闷声吐槽，"这也就是小西，换成别人不信你能这么无私。"

男生带着意味不明的笑容："换成别人还真不能。"

"哦？"

"自家徒弟，我护短。"

虽然是前徒弟——但夏飞说，莫小西表现得越"忘恩负义"，就越会衬托出他"大公无私"。词词默默地翻了个白眼，算了吧，嘴上埋怨得可厉害了，到头来比谁都护着。

男生的嘴，骗人的鬼！

不过夏飞还是有一句话说对了，还没完呢——他跟莫小西明撕暗秀的操作确实还没完呢！

"欧阳夏飞！"年假刚一结束，莫小西就拿着开工红包冲夏飞直嚷嚷，"你放假前不是说临走时会帮我打扫一下工位卫生吗？这怎么还这么乱？"

“那是你一厢情愿的。”夏飞完全不为所动，“我又没答应你。”

“你自己都扫了，顺便帮我扫一下能累死啊？”

“哇，恶人先告状，看见值日表没？今天应该你打扫卫生了，我没让你替我收拾就不错了……”

自从莫小西能跟夏飞“平起平坐”，没了上下级的束缚，两人战火升级，吵得甚至旁若无人，怼得愈加肆无忌惮。

众人纷纷摇了摇头，这种硬被塞进嘴的“狗粮”，她们真的不想吃……

不过还挺甜的……

那怎么办？算了，照单全收喽！

——全文完——

后记——遇见你，成就我

文◎欧阳夏飞

其实，在小MM编辑部的日子，过得并不惬意。

大多数人只知道我是“万红丛中一点绿”，有着“众星捧月”般的地位，却不知道当星星们簇拥到一起时，月亮看起来多么寂寞。

在莫小西出现之前，我是个很有脾气也很爱发脾气的人——当然，那些女编是不是把我发脾气这件事当回事儿，就不是我需要考虑的问题了。所以，当我好好地上着班，因为抓破头皮都想不出某个栏目的选题，决定去倒个垃圾，换换脑子，却迎面撞上一个大大咧咧、自来熟、没礼貌、脏兮兮、好像刚从荒山野岭爬出来似的女生时，一时没控制好情绪也是情有可原的。更何况，这个女生还将我当成了专职打扫卫生的清洁工！

喂，像我这样英俊潇洒、风流倜傥的帅小伙，就算真穿了清洁工的衣服，也应该被质疑是不是来体验生活的明星好吗？竟然还随手将废纸扔进我刚刚清空的垃圾桶里，简直……简直不可理喻！

绿茶早就说过，从没见过像我一样将星座特质表现得如此淋漓尽致的人。作为双鱼座，我向来很重视第一感觉，因此，当得知那个“女鬼”一样的女生是我的新同事时，我是打心眼儿里拒绝的，更何况，紧接着，词词还让我做她的师父！

当时，我甚至有立刻辞职的冲动！

不过，话说回来，因为赌气而辞职，实在有违我成熟的工作作风。既然确实没别人能担此大任，我只好勉为其难地走马上任了，至于她究竟有几成功力，能学到哪种程度，全看她的造化，反正我觉得——嗯，她的资质平庸得很。

因为我写了满脸的拒绝，拜师这事儿便草草翻篇，两人互相点了个头，勉强算确认了身份。大概，一来就得罪了元老级的我，莫小西心里也有点儿含糊吧？每天缩在电脑后面，时不时探出头偷偷瞟我两眼的样子，像极了鹌鹑。

“师……咳咳，夏飞，我……我自己来……”这天，轮到我打扫编辑部卫生，扫帚探向她座位底下时，她犹如惊弓之鸟，从座位上弹起来抢扫帚。“那你自己扫吧！”我顺势将扫帚推了过去。“啊？”她一副意料之外的懵懂样，一看就知道刚才是在假客气。没忍住，我怼了她两句，没好气地拎着扫帚出了门。走到走廊上，冷风一吹，我后知后觉地琢磨过来——她刚刚想叫我什么？没叫出来的那个词，不会是“师父”吧？

大概是莫小西这声没叫出来的“师父”刺激到了我，为了证明我绝对担当得起她的“师父”，我开始尽心尽力地带她。如何做选题、写栏目、约稿子，我逐字逐句地嘱咐她，虽然过程中免不了偶尔发发火、怼两句，但基本的职业素质我还是够硬的。而在这样的高压力状态下，莫小西也确实给了我一个不小的惊喜——她没有临阵脱逃，把所有该承担的，以及本可以不承担的责任都承担下来，飞速成长。

虽然每次把她怼得眼闪泪花，或者在我的威慑下加班加到深夜时，她无数次在心里骂过我——因为那些时候，我打喷嚏的频率都比以往高得多。但她不说，我就装不知道好了。

后来，她做事越来越成熟，处理问题也越来越自如了，渐渐地，偶尔也会在我发脾气时据理力争，在我头昏脑涨时伸来援手了。直到有天，当她说出“夏飞，我觉得，你真的是个好师父，但带徒弟的方法是不是可以优化一下？我很感激你，可有时候，你换个方法指导我，我可能会明白得更快”这样的话时，我明白，这个徒弟，出师了。

在莫小西出现一年后，我还是那个很有脾气的欧阳夏飞，但好像，不那么爱发脾气了。

再后来，莫小西开始独当一面，甚至开始有本事跟我争“畅销书君”这一称号。

再后来，我也开始带更多的徒弟，培养更多的“明日之星”。

当她拿到“畅销书女王”的全额奖金，词词觉得亏待了主动让出荣誉的我时，我其实丝毫不觉得委屈。

因为她，我也得到了很多“看不见”的成长。例如，阿朱姐会夸赞我，越来越有领导风范了；例如，后来的徒弟会众口一词地感激我，称我为“百年难遇的好师父”；例如……成就这件事，从来都是双向的。

所以，嗯，莫小西，谢谢你。未来的路，我们继续一起走下去吧。

后记——因为你，成为我

文◎莫小西

很久以前就萌发了“写自传”的想法，奈何一直觉得自己的人生经历不够厚重，迟迟没有动笔，试图等待六十几岁退休的时候做自己的“保留节目”，以便证明自己虽然已经退休，但毕竟宝刀未老。

不过没有想到，尚未等退休，我的“回忆录”就被人抢了先，写进了这本《女生时代》里。

然而，打开书，我才发现似乎有点儿不对。

为什么被狗追、摔泥坑、衣冠不整这种事情要被写出来？难道我不要面子的吗？

不过话说回来，时隔几年，再回首重温当年的“故事”，竟格外引人感慨。

这些看起来简简单单的文字，就像一根神奇的魔杖，让我从缓缓流淌的时间长河里溯流而上，再一次回到了那个刚刚从学校里走出来的夏天，以旁观者的角度观察当初那个风风火火的菜鸟莫小西——

一路“坎坷”地走进编辑部，有了一个夏飞这样一位“无良”师父，在他的苛待和棍棒（欧阳夏飞：……）下，一路风雨飘摇，终于修炼有成，能够与他分庭抗礼……

我还记得第一次来小MM编辑部的路上遇到的那条萨摩耶，记得它雪似的皮毛，摇着尾巴眯着眼睛冲过来的时候带着旁人看来天使般的“微笑”，落在我的眼里却如同恶魔的邪笑一样——我是怕狗的。

在惊恐中跌落泥水坑的情节现在读来能够和编辑部女编们相视一

笑，但实际上，那个时候，我是真的恐惧。

就像那时候，面试之前，我担忧着万一面试失败怎么办。

入职之后，毫无经验的我又在焦虑着工作做不好怎么办。

那时候的我呀，和很多很多焦虑迷茫的毕业生一样，有一点儿自我怀疑，沉默地担心着自己该做什么，能做什么。

不过我还是很庆幸能够遇到一个明明很温暖，却偏偏佯装毒舌刻薄的师父。

从我无意中丢给他那个沾满泥土的纸团开始，就仿佛有什么奇怪的缘分将我们固定在了一条看不见的纽带上。

从开始的时候小心翼翼地“讨好”，到工作出错的时候被他跷着二郎腿飞白眼批评，明明我是慑于他的淫威不得不加班到半夜，可作为始作俑者的他偏要别扭地一起加班，边加班边埋怨是我拖累他——拜托！您加班可不是我强迫的呀？

可无论如何，在那个空旷无人的深夜，在被高高的楼层过滤的浅浅的车流声里，那个存在于眼角余光中的侧影，的确给了我慰藉与目标——我希望自己有朝一日，也能成为一个像他一样的人，优秀、强大，当然，千万别像他那么傲娇。

逐渐地，我开始褪去最初的青涩和无所适从，夏飞也从满脸嫌弃慢慢转变为偶尔会给几句嘉许。

直到现在，我能够和他平起平坐的时候，我们插科打诨相互斗嘴，他依旧毒舌得有些欠揍，可眼睛里分明有了些惆怅与欣慰。

欣慰当然是自己的徒弟实在太优秀，而惆怅……我觉得他可能是因为以后不能再压榨我，让我为他倒垃圾买早点、事事都需要亲力亲为而感到十分不适应。

时间总会让我们在不知不觉中慢慢成长，虽然心底最深的地方还住着一个会怕狗、会弄脏红裙子的有些莽撞的女孩，但明面上的我成了另一副曾经做梦也没想到的样子。

然而，再仔细想想，一切又似乎都有迹可循。

在无数个不经意的瞬间，我们得到了很多人的帮助，做出了不同的选择，然后在遇到某个人时达到质变——

尽管我不想承认，但我真的从心里感谢他，感谢他的引领，感谢他的吹毛求疵，感谢他帮助我成长为现在的莫小西。

我想，如果以后的人生道路上都有他陪伴，我对未来似乎也就没什么好担心的了。

好吧，你们都知道的，我说的就是他——欧阳夏飞。

王牌编辑秀

小编天团现真身，
书写下班后的秘密故事

那些年被夏飞君挤对走的男编之：走开，自恋男！

文◎词　词

1

周一一大早，我刚到编辑部，包还没放下就接到莫小西的电话，她语气火急火燎，像只尾巴着火的兔子。

“词大词大！江湖救急！借我一万块钱！”

一万块，这可不是一笔小钱。

就在上星期，我亲爱的老爸老妈坚信一个江湖骗子手里有“传国玉玺”，生生掏了两万块，事后得知被骗，老两口气得饭都吃不下，我正因为这事焦头烂额，莫小西又开口要一万，该不会她也中圈套了吧?

我皱了皱眉，坚决问清楚了事情的来龙去脉。得知真相后，我一语断定：“你肯定是被骗了！怎么可能这么贵！等着，我去帮你。”

“出啥事了？”见我刚进来就要走，夏飞划拉着椅子凑过来，一副八卦嘴脸。

“莫小西去剪头发，发型师忽悠她做护理，结果结账的时候要一万多块，她没钱了，让我去救急。可是，什么护理一次能花一万多啊！”我拎起包埋头要走，夏飞一把抓住了我：“等等！我也去！”

我狐疑：“你干什么去？借钱给她？”

夏飞的嘴角渐渐扬起，笑得贱兮兮的："有生之年能遇到莫小西被骗，这么精彩的戏码我怎么能错过？"

这个理由似乎无法反驳，于是夏飞屁颠屁颠跟着我出了门。

一路上，夏飞一副"看好戏"的样子，估计一会儿肯定是指望不上了。进店之前，我特意停下来，深吸一口气，在心中组织好语言，打算一会儿进门帮莫小西讨个公道。谁知一推门，店里竟是另一番景象。

莫小西没事人一样坐在椅子上，跟对面的男生聊着天，笑得花枝乱颤。见我们进来，挥手打招呼："词大！这边！"紧接着话锋一转，皱眉问道，"夏飞？你怎么来了？"

"听说某人倾家荡产，我来看热闹呗。"夏飞双手抄在胸前，超欠打。

莫小西冷笑一声："怕是要让某人失望了，给你们介绍一下，这位是杨望，刚刚帮我驳回了店里的不正当销售，我一分钱都没损失哦。"

原本坐在对面的名叫杨望的男生站起来，一身休闲西装，戴着眼镜，礼仪得体，伸出手来寒暄："嗨，你们好。"

夏飞吊着眼睛，十分敷衍地碰了下杨望的手，甩下一句"既然没好戏看，那我先回去了"就出了店门。

杨望？这名字很耳熟，我与他握了手，触电一般想到，上周五刚接到人事部通知，周一会有一名实习顾问律师来编辑部报到，好像就叫……杨望。

"请问，您也在这边工作吗？"听莫小西的意思，此人口才不错，几句话就把店员说得哑口无言，倒是很有律师的风采，于是我试探着询问。莫小西拽了拽我，尴尬道："词大，哪有一上来就打听人家隐私的？"

杨望倒没介意，大方承认。

都说无巧不成书，几句聊下来，果然此杨望即彼杨望。他也觉得跟新同事以这种方式见面十分有缘，大家便一路说说笑笑往公司走。我心下揣度，从杨望今天的见义勇为来看，是个不错的男生，再加上颜值颇高，谈吐也得当，一会儿到了公司，不知道女编们会激动成什么样。

2

很遗憾，围观女编们集体花痴的愿望很快被截胡。在马上就要进公司大楼时，我接到家里老两口急赤白脸的电话。

“词词，我们抓到那个骗子了！今天又在公园里忽悠别人，被我们当场戳穿……”

虽然老爸语气骄傲，但几句话说得我冷汗直流。我知道老人家的心理，被骗不是什么光彩的事，传出去面子上挂不住，所以他们不愿意报警，想自己抓到骗子私下解决。可是没有警方干涉，骗子肯定不会乖乖束手就擒，这老两口这么大岁数，万一出点儿什么事……

“您别轻举妄动，等我过去！”生怕他们跟骗子争执，我只好把介绍新人的事交代给莫小西，自己八百里加急赶到公园。

不出所料，骗子不愧是做“口头生意”的，口才了得：“大爷，当初交易是你情我愿，我也没逼着您，怎么是我骗您呢？您上超市买了东西，回去觉得不合心意想退，人家就给退吗？”

别说爸妈，连我也被怼了一鼻子灰。既不想丢面子又没有更好的解决办法，无奈之下，我连拖带拽地将老两口安顿在家，打算去公司请教一下新来的法律顾问杨望。

然而到编辑部后，夏飞没在座位上，莫小西脸色很难看，其他女编也安静得反常。

绿茶悄悄把我拉到一边，指了指莫小西：“刚刚你没在，夏飞和小西又吵架了。”

这个“又”字用得很是巧妙，我也随口说道：“又是因为啥？”

绿茶撇撇嘴：“因为杨望呗，人家一进门，夏飞就不给好脸色，说话夹枪带棒，一会儿说人家嘚瑟，一会儿说人家高傲，莫小西就怼他了，然后就这样了。”

我叹了口气，不知道该发表什么意见，绿茶又说：“你也别当回事，他俩就算吵上天，不出三天也肯定和好了。你家里不是出事了吗？还是先处理你自己的事吧。”

我正要感叹茶妹的贴心，忽然意识到什么不对：“你怎么知道我家里出事了？”

绿茶自知失言，一边嘟囔着：“我不知道，我什么都没说。”一边溜回了座位。

我就知道这个编辑部根本藏不住秘密。此时我也无心去纠结到底是夏飞还是莫小西大嘴巴，被茶妹提醒，赶紧去找杨望咨询法律问题。

杨望十分贴心，不仅提供了专业的法律咨询，还答应跟我一起去找骗子。

这一次，在杨望的陪伴下，我终于明白了什么叫作“术业有专攻”。面对杨望神色冷峻，抛出一个个诸如“营业许可”“产品经销证明”“知情权”“重大数额最低判刑年限”等专业词汇，我尚且云山雾罩，骗子已经哑口无言，没几句就服了软，表示只要我们不报警，他愿意归还被骗金额。

经历了杨望两次“出手相助”，我对这个新人好感倍增，我爸妈也在一旁嘱咐道：“词词啊，一定要好好感谢小杨。”

在我极其热情的邀请下，杨望答应下周五晚上的邀约。

生活永远不乏坎坷，事情总要慢慢解决，虽然夏飞和莫小西还在冷战中，但好在家里的事情告一段落。相信不久之后，这两个“又吵架”了的冤家也会“又和好”，这是乐观人生的信条。

3

果然，第二周的周五早晨，夏飞就相当隐晦地表达了想跟莫小西和好，希望我可以在中间调和的意思。

尽管他仍然对杨望没有好脸色，不过我为了团队的安定团结，还是坚定地拍了拍他的肩膀：“放心老弟，这事包在我身上。不过，让我帮忙之前，你能不能先告诉我，你为什么看不惯杨望？”

夏飞露出他一贯“欠扁”的表情：“看不惯一个人还需要理由吗？”

我无语。行吧，他说得对。

只不过虽然我痛快地答应了帮忙，半途却不得不放弃……事情的起因还是杨望。

周五那天，我要准备跟杨望的晚餐，毕竟要好好感谢一番，于是没来得及跟莫小西传话。原以为下周再说也不迟。

杨望一贯绅士风度，即便是我的答谢宴，他也非常谦让，彬彬有礼。然而酒过三巡，事情开始朝着意想不到的方向发展。

他忽然端起我的杯子，一边倒着饮料，一边愁上心头，叹了口气，说：“我们还是先别告诉小西了。”

我咽下嘴里的饭，疑惑道：“告诉小西什么？”

他似乎是很艰难地开口：“我不想伤害她。”

“啥？”我惊得放下筷子，“你们俩怎么了？”

“我一直都知道自己很优秀，有时候这种优秀给我带来了不少烦恼，毕竟女朋友我只能选择一个，可是那些喜欢我的女孩子，她们也没有错……”

“停——”我忍不住打断，“你到底在说什么？”

他像是很惊讶一样，反问我：“你不知道吗？莫小西也喜欢我。可是我不喜……”

“等一下，”我在大脑彻底宕机之前捕捉到了一个关键词，“也？还有谁喜欢你？”

杨望喝了一口杯中的饮料，似乎很是为难地开口：“唉，我的到来给编辑部带来了很多不愉快，莫小西因为我跟夏飞吵架，那天我还听到绿茶跟彭彭也因为我争论起来……我不想伤害她们，可是人还是要为自己考虑，相比之下，你又文艺，又殷勤，我觉得你更适合我，所以答应来跟你吃饭……”

听他这么絮叨，我忽然觉得眼前一黑，印象中那个杨望的形象彻底扭曲了。

“你可能想太多了，我只是想表示一下感谢。”冷冷地说完这句话，我起身结账，然后头也不回地出了饭店，胃里没来由地一阵翻腾。

4

杨望的事，我一方面不喜欢大家背后八卦，另一方面也怕传到莫白翎耳朵里引起什么误会，于是烂在肚子里，没有声张。

周一一早，我本来打算去给夏飞做说客，可是莫小西直到快中午才到公司，顶着两个重重的黑眼圈，谁也不理，坐在座位上一会儿哭，一会儿笑，整个办公室的人面面相觑。

夏飞悄悄戳我：“你跟她说了吗？她怎么了？”

我摊手表示自己也在状况外，在夏飞锲而不舍的怂恿下，硬着头皮挪到莫小西座位旁。

“呸！”她突然将手里的马克杯重重往桌子上一放，吓了我一跳。接着她又转过头来怒道，“说我拜金女，他以为自己是什么东西？”

“谁？”整个编辑部的人都站了起来，围到莫小西身边。

“杨望！”莫小西也不含糊，干脆地抖搂出了名字，“昨晚打电话给我，说了一通莫名其妙的话，还说我拜金，不是他喜欢的类型，希望我不要影响他和词词。”说完莫小西看向我：“词大，你和莫白翎怎么了？”

感受到众人的目光聚集到我脸上，我内心升腾起一阵怒意：“什么事也没有，杨望自己脑补太多。”

莫小西转过头去：“我也觉得，这人是不是有妄想症啊？还说让我不要因为他影响跟夏飞的关系，开玩笑，我跟夏飞的关系是他能影响得了的吗？”

我看到夏飞脸上闪过一副奇怪的表情，像是在憋笑，但是又憋得很费劲。他冷哼一声，说：“我早就看出来他自恋又自大，根本就不是你们眼中的绅士，你们几个还说我挤对他。这下傻眼了吧？”

“都这时候了就别落井下石了吧？”我白了他一眼，夏飞大概也觉得自己说话不地道，悄悄闪出了围拢的人群。

“你没骂回去吗？这不像你的风格啊！”我问莫小西。

莫小西忽然嘴角向下，扯出一个委屈巴巴的弧度：“他口才太好了，我说不过他啊！”

平白挨了一顿讽刺，对于一向强势的莫小西来说，确实不好受。而杨望指责的罪名也触及了女编们的底线：每个人都有选择自己生活方式的权利，既然没有伤害到任何人，那么任何人，包括杨望，也就没有资格对别人的生活方式指指点点，莫小西喜欢购物，喜欢时尚，是源于自信和美丽，而我偏好文艺也绝不是为了投杨望所好，对他献殷勤。

“这件事一定不会轻易算了。”我想了想，笃定地说。

“词词！你快去看看！”众编还没散开，隔壁办公室的同事突然闯了进来，“欧阳夏飞跟法务部的杨望打起来，被总经理撞见了。”

5

夏飞捂着半边脸，坐在座位上依旧嘴上不饶人：“那家伙也就嘴皮子厉害，两三下就被我撂倒了。”

“得了吧你，”我递给他一块创可贴，“在公司打架，你工作不想要了？”

夏飞扬起下巴，不可一世：“我会怕他？到头来是谁倒霉？哦。”

打架双方都有责任，但因为杨望还没过实习期，夏飞又是老员工了，公司权衡之下，给了夏飞处分，劝退了杨望。还没热络起来的新同事，转眼又被开除了，这个结果令众编始料未及，也让大家对夏飞刮目相看，甚至发出“关键时刻还是夏飞罩着我们”的极端言论。

因为这次“出头”事件，夏飞在办公室人气骤增，干什么事都有恃无恐，比如他甚至凑到莫小西跟前去说：“你那天说咱俩的关系杨望可破坏不了，你可别多想啊，咱俩没什么关系，我只是看不惯他嘴欠。”

莫小西莫名其妙地回了一句：“咱俩的关系？我说的是咱俩三天一小吵五天一大吵的这种关系并不会受他影响。你也被传染成‘脑补帝’了？”

夏飞被噎住，悻悻地回到自己座位，默默还嘴：“你也就怼我的时候有本事。”

至于我爸妈被骗的事，虽然骗子当时答应还钱，但事后仍旧死不认账，我也是隔了很久才知道是莫白翎报了警才得到妥善解决。奇怪的是，关于我爸妈被骗的事，在他面前我一个字都没提，他究竟是怎么知道的？

这个问题，莫白翎的回答是：“你那个特别大嘴巴的男同事告诉我的。”

那句话怎么说来着？有些人说不清哪里欠打，但就是谁都替代不了。

那些年被夏飞君挤对走的男编之：拿出真本事，别耍花架子！

文◎唐诗诗

楔子

六点过一刻，编辑部门外的指纹打卡机开始不断地响起“嘀，谢谢”的声音，下班了。不过，我还坐在座位上，噼里啪啦地敲着键盘——临近杂志出刊，还有好几个栏目没有完工，今天再不做出来，怕是会影响印刷和上市的进度！

在我全神贯注地写栏目时，耳边传来这样一个轻飘飘的声音——“诗诗啊，你忙不？我……我要求助，拜托帮帮我……”

冷不丁地被人一喊，我瞬间吓出一身冷汗：“韩宇？你你你……你干吗？”

韩宇一副神秘兮兮的样子，拍拍我的肩示意我小声点儿，继续凑近我耳边小声说：“是这样，今天不是必须要把所有栏目都写完，明天上班前交给夏飞哥吗？看样子是要加班到很晚，我这边……有点儿不太方便……”他苦着脸，皱着眉头，眼眶都有些泛红，“你看，你能不能辛苦一下，帮我把我负责的那两个栏目搞定？选题方向我都已经想好了，不会占用你太多时间的，就照着那个思路组织一下语言，写得有趣一点儿就行了……好不好，诗诗？”

“嗯……那行吧……”虽然自己手头还有一大堆活没做完，但我实在不好驳他的面子，看他那着急的样子，可能是家里有什么人生病了？朋友遇上了什么难事紧急求助于他？或者是……算了，不猜了，同事嘛，互相帮助是应该的！“你把你的选题发过来，接下来的内容我帮你整理吧，今天保证弄好！”我拍着胸脯说。

“谢谢，谢谢，你果然够意思！”他连声道谢，“只是，你做好之后，发给我，千万别直接发给夏飞哥。如果他知道我没有自己按时完成工作，我的实习期恐怕……”

“放心，我明白，你有事就快走吧！”目送他拎着包蹑手蹑脚地从夏飞身后溜出办公室，我苦笑着摇了摇头，目光扫向墙上的挂钟——6:30了，3+2，五个栏目，恐怕，今天得加班到凌晨了……

1

说起这个韩宇，还真是个奇人，入职编辑部不到两个月，就把平日里“不以物喜，不以己悲”的夏飞君气得每天上班来都冷着一张脸。

不过，虽然夏飞不待见他，我们这些女编可是个个对他赞不绝口。

为什么？

当然是因为他比夏飞“完美”！

首先，一直以来，夏飞最引以为傲的就是他的博学多才、出口成章，不仅在编辑部有“第一才子”之称，在读者们心中也向来有着“学霸”光环傍身，可这个新来的韩宇呢，同样诗书满腹，谈起他最喜欢的诗人李煜，滔滔不绝，让人敬佩，深得我心。

其次，夏飞工作上有些过于不苟言笑，不仅从不加入我们的八卦聊天，还常常送来白眼，毒舌吐槽。而这位韩宇同学，工作时的端正态度毫不逊色于他，放松时间却可以和我们打成一片。比如说，以往最关心微博热搜榜的是湘歌，聊起一些突发新闻，我们常常接不上话，手忙脚乱地去搜，韩宇却可以在0.1秒内反应过来，与她应和；小西最关注娱乐圈，“墙头”多到数不清，聊起八卦滔滔不绝，我们听得云里雾里时，韩宇总是一脸了然的笑；猫猫是编辑部里的手游大神，几年来一直独孤求败，韩宇一来，与她战得不分胜负，让她直呼过瘾……如此一来，谁更受欢迎，一目了然！

最后一点，也是最重要的一点，韩宇不仅在才学、兴趣上不落下风，在性格上，更是让人欢喜——他风趣、幽默，任何尴尬境况都能以玩笑化解；他谦逊、有理，从不毒舌强势，让人下不来台；他温柔、体贴，简直是每个女生梦寐以求的那种“暖男”！等他实习期满转正后，还不得立刻成为小淑女们的新宠？

于是，一直以来自诩“虽然长得帅，但从不靠颜值吃饭，而是凭着才华闯天下”，无论来多少男编他都不惧的“完美”夏飞君有些不淡定了……

“你们看他，打游戏打得那么好，一看以前就不务正业。”夏飞吐槽第一拨。

“你自己下班后也是个电游宅男，有什么资格说人家呀？”小西用事实反驳。

“微博就那么好玩吗？天天刷个不停。”夏飞吐槽第二拨。

“每次报选题的时候你都说要新颖、要贴合时下热点，不刷微博难道去买报纸？”湘歌立刻回怼。

“每天一下班就走，心思根本不在工作上！”夏飞吐槽第三拨。

“难道加班还成必须的任务了？工作做完了当然可以走，人家那是效率高！”词词拿出了主编的威严。

“反正你们不要被他骗了！”夏飞有些气急败坏。

“啧啧啧……”众女编撇了撇嘴，四散而去。

虽然这都是工作之余的玩笑话，但几次之后，夏飞在我心中的形象还是崩塌了不少。

我当然不是“喜新厌旧”。

我承认，夏飞有一点吐槽是对的，韩宇好像经常很忙，即使是在加班密集的出刊期，也一到下班时间就因为各种事要先走，常瞒着词词和夏飞拜托女编们帮他处理些工作。不过，大家相处得这么好，能帮的我们也不太计较，毕竟，人无完人嘛，不愿意加班，也不能说是多么严重的缺点。

而夏飞背后诋毁人家，这就让我不太能接受了——人家不就是人气比他高、人缘比他好、水平和他不相上下吗？背后说坏话，太上不得台面了吧！

2

一会儿，我会在群里发一条消息，你们看着就好，谁都不要多说什么！

某天中午，夏飞在一个新建的、除了新男编外所有人都在的群里说了这样一段话。

什么情况？

你又要干吗？

大家不明所以地跟了一连串问号上去，夏飞却只回了一句：不要多问，听我的就行。便潜水不再说话了。

从夏飞的工位那边传出一阵急促的敲键盘声后，另外一个杂志组全员组群中弹出了一条通知：

公司安排，下午所有小MM的编辑进校园演讲，与读者近距离接触，大家做好准备，吃过午饭后在大厦楼下集合。

进校园演讲活动？这么突然吗？这种活动，怎么可能之前没有一点儿宣传？我们都停止了工作，心照不宣地对视一眼，等待着夏飞君的下文。果然，过了几秒，第二条消息弹了出来：

韩宇就不用去了，毕竟还在实习期，暂未公开身份，就留在编辑部帮我们守好大本营吧！

冬日午后，十来个人拥出了编辑部，却无处可去，一起晃荡在北京的街头。

除了一副看好戏表情的词词和一脸高深莫测的夏飞，我们都一头雾水。

“到底是怎么回事呀？再走下去，我的腿都要走断了！”走过两个街区后，穿着高跟鞋的小西最先受不了了，蹲下身，边揉脚踝边说，“不走了不走了，总得告诉我们一个目的地吧？再不说，我打车回编辑部了！”

“就是的，大好的时光，就这么浪费在路上了？我今天准备的小蛋糕还没吃呢！”湘歌附和道。

“……那个，夏飞哥，你忘记了？你昨天交给我一个临时任务，让我把该做的两个栏目留到今天做，我……还没来得及做呢，再不回去，今天肯定交不上了。”我也弱弱地抱怨道。

“不仅你有没做完的栏目，茶妹也有没交的策划。”听到我的抱怨，词词姐把话接了过去，同时看向同样心神不宁的绿茶。在得到绿茶肯定的点头后，她笑着说：“不过，不用担心啦，你的栏目，还有绿茶的策划，都有人帮着写了！”

这下，大家更是奇怪了，见词词姐丝毫没有继续往下说的意思，小西一手叉腰，一手猛地拽住夏飞：“喂，你也知道内情吧？快说，是怎么回事？”

“就是想让你们看清那个韩宇的真面目呀！”夏飞意味不明地回答道。

后来，在众女编轮番上阵、坚持不懈的追问下，总算从词词和夏飞的闪烁其词中拼凑出了事情的真相。

原来，这是夏飞拼命说服词词，为了让我们这些一心向着韩宇的女编认清他的真面目而设的“局”——大家一起离开前，词词交给韩宇两项有些难度，但并非无法独立完成的任务，即从我手中要过去的两个未完成的栏目和茶姐该写的那个策划，看看他能不能独立完成。

以往，韩宇总是分头求我们帮他分担任务，我们竟都没发现，来了两个月，他连一项任务都没“独立”完成过！每个人做事都有自己的风格，这些由众女编“分头合作”完成的成品提交到夏飞手中后，他很快琢磨出了不对劲。这一回，所有人都被带出来了，没有人能帮他，结果不出夏飞所料，依赖成性、根本就不知道该如何下手的韩宇瞬间露出了破绽。

3

可能是情商的确高，韩宇当天就意识到了这是一个针对他的局。我们在街头游荡的那个下午，他既没完成栏目，也没写好策划，而是整理了一份辞职报告。

在他被准许提前结束试用期，灰溜溜地离开后，夏飞君得意地说：“你们呀，就是太单纯！被他的外表和谈吐骗了，其实我早就看出来他肚子里没多少墨水。所谓精通诗词歌赋，诗诗你竟然没听出来，他根本就是只会那几首诗，翻来覆去在说。而了解热搜榜呢，那都是上班时间不务正业的结果！跟你们有说不完的话，真的是这样吗？他只是比较善于调动你们的兴趣，用皮毛调动起来后，就只会‘嗯嗯啊啊’地当‘捧哏’了，要我看，只有跟猫猫打游戏的时候，他有点儿‘真本事’……”

“嗯，夏飞君果然英明，这样的同事可不能长时间合作呀，会把大家拖垮的！”大家纷纷点头称赞。

“走了，今天心情好，早点儿下班了！”夏飞君满意地点点头，拎包一甩，潇洒地走出了编辑部。

“可是……好像有哪里不对……”盯着他的背影，我犹犹豫豫地说，“咱们都是‘友情’帮忙，事情是怎么让夏飞哥知道的？他真有根据文字风格认人的本事？太玄乎了吧？”

“对哦，不过如果不是根据风格看出来的，这可就属于私下有人向领导告状啊！咱们都不是会做这种事的人啊，他……”大家回过味儿来，开始左看右看。

“咳咳，”小西的脸色有些不自然了，弱弱地举起手说，“是从我这里知道的……但是，我可不是告状啊！是那天我帮那个新男编修稿修得太晚了，夏飞强行拉我出去吃饭的时候意外看到的……”

“还有这段故事？”大家眼睛一亮，小西想捂嘴已经来不及了，接下来……接下来，嗯，你们没猜错，又到了“女编八卦”时间！

那些年被夏飞君挤对走的男编之：耍心眼？你还嫩得很！

文◎彭　彭

一

乐齐鸣出现在编辑部的时候，彭彭正在和绿茶研究要不要买周末去话剧院的票，湘歌则在一旁大呼小叫着要点奶茶，但大家都用“在减肥”搪塞了她。湘歌闷闷地“哦”了一声，转身出门，准备去对面的美编办公室找茶友，冷不丁撞到一个人的身上，手机应声而落。

一个穿着黄色套头衫、两手拎着袋子的男孩子尴尬地挠了挠头，小声问：“你没事儿吧？”

湘歌愣在原地，坐在靠门口位置的彭彭叹了口气，帮她把手机捡起来，递给她的时候瞥到了男生的脸，也愣了一秒。

送外卖的？不像啊！快递小哥？好像也没见过。重点是，他长得也太可爱了吧？

男生抿抿嘴唇，笑靥浮现：“大家好，我叫乐齐鸣，是新来的新媒体编辑，今天刚报到，这是给各位的见面礼！”

他把奶茶袋子往前一举，奶茶立刻被湘歌包揽了过去，湘歌笑嘻嘻地说：“就交给我分配吧！”

正说着，莫小西风风火火地踩着高跟鞋进门：“哟，小朋友来啦？正好，你和我来会议室，我有工作交代给你，顺便聊聊你的稿子。”

彭彭转头和绿茶交换了个疑惑的眼神。

绿茶一拍脑袋："我想起来了。"

大约半个月前，她路过会议室的时候无意间听到莫小西和夏飞开会，说现在新媒体编辑急缺，她正好有个认识的作者在大四准备实习，熟悉杂志的风格，年龄也刚合适。

那个人，应该就是乐齐鸣。

可是没想到竟然是个这么可爱的男孩子，更让彭彭没想到的是，下一秒钟，欧阳夏飞游魂一般来到彭彭身后，把一沓资料丢到她桌子上："乐齐鸣交给你带。"

"啊？"彭彭懵懂地问，"新媒体编辑为什么给我带啊？"

"带过一个月实习就行了。"夏飞说，"具体原因你去问莫小西。"

彭彭当然不会因为这种小事去和已经忙得脚不沾地的莫小西纠结。更何况，既然是分派的任务，她也没道理拒绝。趁着乐齐鸣和莫小西开会，她仔细看了看这位新编辑的简历。重点大学中文系毕业，二十岁出头的年纪已经拿了几个文学网站上小有名气的奖项，后来被莫小西挖来做作者。

不得不说，真的是个很合适的新媒体编辑。

但是之前带新人带到崩溃的经历让彭彭记忆犹新，她合上简历，对绿茶说："我觉得我需要马上订张话剧票，以安抚自己脆弱的心灵。"

令她意外的是，这虽然是乐齐鸣的第一份工作，但他上手格外快，任何事只要教过一遍，他就能记得清清楚楚，不需要彭彭叮嘱第二次。不管是经手的微信推文还是图片，都非常符合杂志的标准，这让彭彭得到了极大的安慰。

因此，周五晚上绿茶爽她的约去参加偶像见面会的时候，她竟然没有气她重色轻友。好的合作伙伴令人生活愉快。彭彭一边点开手机看能否退票，一边叹息，怪只怪闺蜜太不靠谱。

"彭彭姐？"一个悦耳的声音突然出现，是手里拿着一沓稿件的乐齐鸣，他眼睛亮亮地问，“你要去看这场话剧吗？”

二

彭彭不知道自己遭遇了什么。为什么她会突然之间和乐齐鸣一起出现在话剧院门口？为什么她手里还拿着乐齐鸣买的饮料？

就在一个小时前，乐齐鸣同学向她表达了对这场话剧的期待和对没能买到票的惋惜。得知她多出一张票的时候，开心地拉着她说可以陪她一起去。

彭彭觉得哪里不对，但好像也没什么不对。

从话剧院出来的时候已经是晚上十点，乐齐鸣掏出了静音的手机，微微蹙眉，开始发语音：“小西姐，我刚才在看话剧，你有什么事情吗？”

莫小西很快也回了条语音：“没事，就是之前跟你说的那个长篇，我刚才在网上看到了一个差不多的梗，我们还是要改一改。”

“啧，好麻烦。”乐齐鸣小声抱怨，他抬头问彭彭，“彭彭姐，长篇里撞一两个梗也没什么吧？”

“我倒是建议你修改一下。”彭彭把手里的饮料瓶丢进旁边的垃圾桶，“抄袭融梗，是非常严重的指控，一个作者千万不能留下这样的话柄，不然你之后的路会很难走。”

“可是你也知道，我最近太忙了，周六、日还要加班加点写推送，根本没时间再改。”他拉住彭彭的袖子，挤出小酒窝，“要不你帮我说说情，好不好？”

彭彭条件反射地要缩手，乐齐鸣却拽得很紧。她平心静气地说：“小乐，我觉得这件事还是你自己去解决比较好，我只能在工作上帮助你，其他方面还要你自己努力。”

乐齐鸣抿着唇，露出一个意味深长的微笑，点了点头，扬起嘴角说：“那我先走啦，回家改稿子，彭彭姐再见。”

乐齐鸣长腿一迈，很快消失在散场的人群中，彭彭这才觉得周围的空气好了一些。

手中的手机此时突然一颤，她低头去看，是夏飞给她发来一条微信：我觉得你应该还没看过这个。

后面跟着一张照片，是开场之前乐齐鸣说要拍张合影，彭彭同意了，但没想到，照片出现的地方竟然是乐齐鸣的微博，文案是这样的：今天和小MM杂志编辑姐姐约会。

难怪今天乐齐鸣对自己超乎寻常地殷勤，或许他做这一切就是为了拿和她的合影博读者眼球吧？

心头火噌地蹿了起来，彭彭点开了刚加上的乐齐鸣的微信，发出了一句话：基于公司保密原则，请你把刚才发表在你个人微博上的照片删除。

三

那天晚上乐齐鸣没有回复，但睡觉前，彭彭特意去他的微博查看，发现那一条已经被删除了。

好在他还是配合工作的，只是等到周一的时候，彭彭明显感觉出了异样——乐齐鸣和她在走廊上打了个照面，他竟然对自己冷冷地视而不见，和过去的他判若两人。

师徒之间搞得这么僵，还怎么继续一起工作？午饭时间，彭彭二话没说，在门口堵到了乐齐鸣，拉着他到了楼下的餐厅。

乐齐鸣抱着手臂不说话，表现出十分抗拒的态度，平日里总是笑着的脸上一点儿表情都没有。彭彭只当他是闹小孩子脾气，叹了口气，开始跟他解释发出那张照片的利弊。

乐齐鸣没有理，菜上来之后才松了口，对她说了第一句话：“彭彭姐，我实话跟你说吧，我根本就不想做什么编辑。”

接着，乐齐鸣用一种非常平淡的语气，说出了一番令彭彭目瞪口呆的话。

他是重点大学的学生，有傲人的文笔，理应获得大家的关注。他来这个编辑部实习，就是为了和编辑们搞好关系，以后能够成为这里的当家作者，也为了给自己增加热度，让粉丝数更多一点儿。他想趁年轻，利用自己的颜值多卖几本书，巩固“青春作家”的地位。之前他找过莫小西帮忙露面宣传，但莫小西不同意，所以才找到彭彭头上。

“我知道你也喜欢话剧，所以作为票友，你帮帮我可以吗？以后我红了，可以请你看第一排，不用像这次一样挤在最后面的山顶，不好吗？”

彭彭看着他急切的表情，冷漠地放下了筷子。

原来如此。

他不只是心术不正，而且是在走歪门邪道。

“不好。”彭彭说，“想成功，就凭自己的本事，靠拉关系算什么？退一步说，如果你是金子，我们一定让你发光，何必这样呢？”

乐齐鸣冷漠地抬眸：“我不愿意在你们这儿耽误青春，不行吗？”

彭彭突然站了起来，转身向外走去。泪水在一瞬间涌出，亏她还以为自己终于带出了一个好徒弟，没想到……她觉得愤懑又委屈。

四

就在彭彭出了电梯，准备去找自作主张把实习生安排给她的欧阳夏飞算账时，突然听到楼梯间拐角处传来一阵争吵，听声音……是莫小西和欧阳夏飞。

“……你非要让我把他抄袭的片段都拿出来进行比对，证明他抄袭才行？”欧阳夏飞的声音不像往日一样平静，甚至有些急躁，“莫小西，你能不能睁开眼睛看看？他根本不是什么天才作家，就是一个想一夜爆红的小孩子。”

“我不同意。”莫小西说，“是我一手挖掘的他，他的每一篇文章我都看过，你不能因为要跟我作对，就这么否定他之前的努力。”

“他有天赋，可惜用在了不对的地方！早在你要把他招进编辑部之前我就已经很深入地了解过他了。”欧阳夏飞这句话几乎是吼出来的，“更何况，我为什么要跟你作对？我只是不希望你被欺骗，然后因为他难过好不好？”

他们在因为乐齐鸣吵架。

风吹开了楼梯间的门，彭彭偷听的身影出现在门口。虽然场面有些尴尬，但彭彭还是开了口：“小西，他说的是对的。”

她把上周五的微博、她发给乐齐鸣的消息和今天乐齐鸣对她说的话一一道出，然后叹了口气：“小乐太年轻了，他陷入了商业化的怪圈里，和我们的追求完全不相符。”

“他用彭彭的照片就是想快速成为读者的话题中心。他今天为了钱和名利抄袭，明天就会为了钱做出更过分的事情。”欧阳夏飞对陷入沉默的莫小西说，“我当时不让你带他，就是因为你有个人倾向，但彭彭作为旁观者，判断更客观。”

“我明白了。”莫小西叹了口气，“我下午就去递交辞退他的申请。”

彭彭吸吸鼻子，说道：“夏飞，念你是为了整个编辑部的风纪着想，你自作主张利用我的事儿我可以不计较，但是，你得赔我一张话剧票，上次的经历太糟糕了。”

夏飞和莫小西同时笑出了声，他难得大方地说：“放心，一定补偿给你前排票，行吗？”

“成交。”彭彭立刻红光满面地答应。

一周后，当她站在话剧院门口的时候，才反应过来夏飞说的补偿不是给她一个人的，而是他们三个人。

夏飞从口袋里掏出热牛奶，递给她和莫小西。

莫小西说：“以后你不用一个人看话剧了，我们陪你。”

彭彭一脸拒绝——陪什么陪？她才不想当“电灯泡”！

那些年被夏飞君挤对走的男编之：奇怪的男生

文◎绿　茶

1

整个编辑部备受宠爱的“业务能力最强的男编”“最帅的男编”“因为性别差异常常显得格格不入的男编”——欧阳夏飞多少年来一直处于编辑部食物链的顶端，对此，人类观察爱好者绿茶曾向夏飞表达了这一困惑：夏飞君，你是如何做到“流水的招聘，铁打的夏飞”这件事的呢？

对此，夏飞做了一个可爱的wink（眨眼），说：“这是个秘密。”

不说就不说，卖什么萌！

肚子里藏着一只“好奇猫”的绿茶决定一探究竟，于是她开始默默写起了夏飞观察日志。一切终局都是由千丝万缕的细节汇成的，哪怕是最不起眼的细节，也可以成就命运的草蛇灰线。

最初显露端倪是在春天快要结束的一次例会上。从写字楼向下眺望，灰色的城市之中点缀了春末夏初的绿意，女孩子穿着早夏的衣裙招摇过市，何其青春靓丽。

在微微闷热的编辑部里，大家进行了两小时的头脑风暴会议后，阿朱姐突然宣布了一个消息：新一轮的招聘开始了！已经口干舌燥的众编立刻打起了精神，毕竟各位编编每天低头不见抬头见，上个厕所都要重逢几次，对彼此已经产生了极度审美疲劳，大家心底早就渴望有新鲜血液流入这片干涸的编辑大地。

对于招聘这件事，阿朱姐是有原则的：做少女杂志，不仅要从心灵深处有着一颗文学的少女心，还要从面相上有所流露！就算是招男编，也一定要招个集帅气外表与温柔少女心于一体的小哥哥。在座唯一的一位男编夏飞对于阿朱姐的标准深以为然，并认为，新男编只要能达到三分之一个夏飞的标准就可以算在及格线上了。

这件事本来是由阿朱姐钦点小西来负责的，没想到夏飞异常活跃，主动请缨，要求和小西一起负责编辑的招募工作。对于主动揽活儿干这件事，阿朱姐自然不会拒绝。散会后，夏飞和小西兴奋地走出会议室，讨论起了招聘事宜。绿茶紧跟其后，偷偷听着两人的对话。

小西问："夏飞，对于阿朱姐想招个男编这件事，你怎么看？"

夏飞举双手赞成，说道："好啊，正好我已经厌倦了'唯一'的滋味儿，是时候有人和我一起分享这样的寂寞了。"

寂寞？莫小西可没看出来。

"那你觉得招男编最重要的是什么？"

夏飞想了想，指了指自己，说："帅，一定要帅，虽然比我帅有难度，但，也得看得过眼儿吧！"

走在后面的绿茶闻言，差点儿一头撞在墙上，夏飞这莫名其妙的自信，一定是小淑女们给的，都是淑女们对他太过纵容！

在确定了招男编的主旋律后，两人开始了分工合作，夏飞负责线上简历筛选，小西负责面试。在编辑部的推广之下，很快，夏飞就收到了很多简历，其中一人吸引了夏飞的注意。

他的目光停留在这份简历上很久，带有男孩子之间看到势均力敌的同性时的敌意和赞赏。绿茶凑过去"啊"了一声，说："这不是彭于晏吗？"

还别说，这男生正面看着像彭于晏，侧面看着像朱一龙，估计后面看着像易烊千玺。更重要的是，这男生不仅颜值高，还自带了文学作品，夏飞点开读了几段，发现这么帅气的男生竟然内心隐藏着少女的灵魂，字里行间并没有男生常有的那种漫不经心和粗糙，反而带着一种温柔和细腻，在这个初春的午后读起来，竟然让人感到一丝解闷的清爽。

“是个人才……”夏飞喃喃自语道，顺便加了男生的QQ，准备面试前先聊聊。在深入了解之下，夏飞发现男生不仅笔杆子不错，还对少女杂志有充分的了解和认知。夏飞觉得不可思议，问这个男生是如何做到外表阳刚、内心细腻的。男生表示，自己有一个喜欢看《意林·小淑女》的妹妹，天天拉着他一起看韩剧、追星，想不少女心都很难。夏飞很好奇，问他的妹妹最喜欢哪个男明星。男生答复，彭于晏。

怪不得，这大概就是传说中的相由心生吧……

2

在诸位女编辑的期待中，夏飞果断发过去一个带有公司地址的面试通知。面试这天，编辑部的各位女士都拿出了自己压箱底的衣服，要么温柔贤淑，要么俏皮可爱，总之一定要青春夺目，争取给“小MM版彭于晏”留下最深刻的第一印象。

万众期待之中，面试的男生出现了！他提着一件走进大楼时脱下来的羽绒外套，可令人困惑的是，这外套的样式像极了外卖小哥。至于他的长相，的确如同想象中一样高大，可是，这老派的油头是怎么回事？

一起面试的莫小西看了夏飞一眼：问：“这就是你说的‘彭于晏’？我怎么觉得跟照片上不太像？可是又觉得莫名眼熟……”

夏飞连忙说：“唉，现在的人，都是照‘骗’啊！不过也可以理解，你想想，你证件照上和你本人长得一样吗？”

小西嘀咕道：“那行吧……修图技术的流行真是给人脸识别造成了极大的困扰啊……”

更何况，虽说我们要最帅的男编，但这也不是唯一标准，毕竟以貌取人太过片面。虽然不帅，但万一超有实力，超有少女心，超适合做少女杂志呢？两人正打算开始面试，门突然被敲开了，绿茶端着三杯水走了进来，热情地对面试男说："小哥，喝点儿水，天气热，别渴着。"

端完水后，绿茶磨磨蹭蹭就是不走，还有几双奇怪的眼睛从门缝里挤进来，小西和夏飞心知肚明，开始了面试。

没想到两人还没说什么，男生立刻热情地对小西说："小西，我超喜欢你！你放心，以后有我在，没人敢欺负你。"说完，还做了个展示肌肉的动作。

嗯？这种土味情话搭配乡村风秀肌肉的方式是怎么回事？他怎么从一个照片里英俊帅气、文章里温柔细腻的小哥变成了城乡接合部的杀马特哥哥了？

果然"见光死"这种事情，也存在于面试当中！

莫小西脸色已经越来越难看了。

这时，油头男生从包里拿出一份礼物。

众人屏息，发现那是个可爱的粉红色的小瓶子，里面装着一块深褐色的东西。

那东西怎么说呢？像是火星表面，凹凸不平，什么样的形状都有，目测已经搁置很久了，对这个男生来说应该是很重要的东西吧。

是特殊材质的情书还是奇异的石头？众人极度发挥自己的想象力之后，还是无法猜出答案。

就在这时，油头男生淡定道："小西，我有收集伤疤的习惯，从小撕到大，每撕一块儿就收藏起来。喏，我来面试之前特意选了一块最大的，忍痛割爱送给你，唉，谁让我喜欢你呢？你可一定要收下啊，这可是我初中打篮球摔倒受伤而来的哦，就在我膝盖的位置，不信你看……"说着，他撸起裤腿，露出腿毛，"我当时为了撕掉这么大一块儿完整的疤，忍着剧痛，你说我棒不棒，坚强不坚强……"

夏飞正端起茶杯喝水，听到这段话，"噗"的一声喷了一桌子。

小西的脸色差到了极致，眼看就要爆发，夏飞赶紧说："这位先生，我们今天的面试到此为止，谢谢你的……伤疤。我送你出去吧！”

夏飞赶紧拉着油头男生出门了，绿茶也紧跟上去。在拐角处，夏飞向四处看了看，发现没有人，拿出100块钱塞给了油头男，说：“外卖小哥，辛苦了，谢谢你的帮忙！”

外卖小哥憨厚地笑道：“我尽力了，不知道有没有达到您想要的效果？”

夏飞赶紧点头，说：“太有效果了！没想到你的演技这么好，我觉得你以后不要送外卖了，可以去演戏，绝对是实力演技派！”

看着外卖小哥的背影，夏飞露出诡异的笑容，掏出手机编辑消息。哼哼，编辑部唯一男编的地位永远不可撼动！

躲在角落里的绿茶捂住自己的嘴巴，原来如此！

这才是夏飞真正的秘密，他之所以能够维持小MM编辑部一哥的位置，原来是通过这种“不正当竞争”得来的，果然，小MM编辑部的男人，是集帅气、美貌与心机于一体的！

不知为什么，总是觉得这件事意外地契合夏飞的气质呢！

3

暮色四合，温柔的夕光里，一个高大的男生走在人来人往的街道上，他的长相神似彭于晏，往来的女孩都忍不住朝他看去，甚至有女生掏出手机来偷拍。

可是此刻，彭于晏模样的小哥哥并没有心情去管其他事情，他落寞地对着一条短信发呆：很遗憾地通知你，你的线上面试没有通过。

在几公里外的小MM编辑部里，小西盯着男生的简历，依旧觉得不可思议：照片里明明是帅的呀，为什么真人差那么多？

人生啊，总是这样，会不知不觉地在什么时候辜负了你，却不告诉你原因。当然，本故事的最大赢家夏飞君会告诉你：命运、机遇，永远都是自己争取来的！

不过……

“阿朱姐，我圆满完成了任务，剩下的就交给您喽！”绿茶点开阿朱姐的微信，发了一条语音后，诡异一笑。

原来，这一切都是个局，阿朱姐让绿茶追踪各位面试者的近况，却发现夏飞君从中阻挠，便设计了新一轮的面试环节，让绿茶暗中观察。毫无知觉的夏飞君，就这样掉进了“陷阱”。

看完此文的阿朱姐，已经把夏飞君叫到办公室喝茶了。

那些年被夏飞君挤对走的男编之：去实现梦想，别拖拖拉拉的！

文◎白　果

旁边的工位已经空了出来，没留下一点儿杂物——如果挡板上的那张便利贴不算杂物的话。

一大早，白果拉开椅子，坐在自己的电脑前，偏头看了看旁边那个空座位，将那张孤零零的便利贴撕了下来，贴在了工作笔记的第一页。

那是一张简单的方形便笺，淡蓝色的底色上，字迹清秀洒脱：**去实现它，别再拖拖拉拉！**

一

白果没想到，会这么顺利加入编辑部。更让她惊讶的是，跟她一起入职的，还有一位小帅哥。此人名叫凌舟，身高腿长，眼大肤白……这些都不重要，最让白果印象深刻的是他的笑——面试那天，凌舟帮她拉住了即将关上的玻璃门，对她笑了一下，露出八颗小白牙，嘴角翘起的弧度，带着初春时节北方阳光的味道，清爽而温暖。

白果曾经偷偷问过莫小西：“小西姐，你看凌舟像不像AI(人工智能)？这笑也太标准了吧？我怎么就不会呢？”

莫小西给了白果一记栗暴：“AI能笑得这么让人如沐春风吗？”

对，很甜，就是这种感觉。

而在凌舟第三次笑着帮白果开门、扶正椅子，第五次晕头转向地帮莫小西去大厦楼下送资料，第八次面红耳赤地跟欧阳夏飞抢着给办公室的饮水机换水，第十次……之后，众编达成了共识：果然爱笑的男生，性格都不会太差。凌舟在短时间内，激起了众编的“保护欲”。

如果只是女编们有这种心情就算了，为什么欧阳夏飞跟他的关系好像也不错？白果想不明白。在她心目中，夏飞就是傲娇又毒舌的大魔王，能跟他成为朋友的人，那得有一颗多么强大的心脏啊……

“果子，回神啦，已经下班了！一会儿咱们去逛街吧？”莫小西用手在白果眼前晃了晃，“我之前发现了一家好吃又不贵的甜品店，一起去？”

“好啊，我去！”白果飘远的思绪被扯了回来，赶紧准备下班。莫小西可是白果很喜欢的前辈，而且很照顾白果。

莫小西隔着白果，看向旁边的凌舟，坏笑道：“凌小舟同学要不要一起啊？”

白果本能地看向凌舟。

“我就不去了，”凌舟笑着摇摇头，将手机扣在桌子上，“我跟夏飞哥约好了，一起去他家打游戏。”

白果盯着他的手机一愣。

夏飞随即关了电脑，站起身往外走，头也没回道：“走吧。女生们的聚会，我们就不搅和了。”

白果顿悟，大魔王夏飞“罩着”凌舟不是没有道理的，毕竟，他们可是全编辑部“唯二”的男编，惺惺相惜嘛！

二

跟莫小西一起吃了甜品后的第三天，白果就给莫小西惹了个不大不小的麻烦。

那天，白果交给莫小西的一篇短篇小说稿子，稿子里有一句英文。看上去，这不是多难懂的句子，白果就没去细查，直接打上了汉语注释。而莫小西在审核的时候也没发现什么不对，将那篇稿子打印出来，装订好，随手放在了桌上，准备交给主编。

突然，一阵风裹挟着蝉鸣从窗子吹进来，将桌子上的纸吹得哗哗作响，而那份刚打印出来的纸稿则被卷了起来，好巧不巧地拍在了夏飞的后脑勺上。

夏飞皱着眉一把抓过纸稿，翻了翻，看了眼署名，眉头越皱越深。白果抻长脖子，瞄了一眼，发现是自己交的稿子。

夏飞一脸嫌弃地将稿子重新放回了莫小西桌上，指着上面的一句英文问："这句话，中文什么意思？"

莫小西看了看："旁边这不写着吗？"

白果凑了过去，缩在莫小西身后。

"People will be long forgetting her，"夏飞读了一遍，"'人们会永远将她遗忘'？可真敢写。这水平，英语四六级怎么过的？"

"那……"尽管几乎要紧张得瑟瑟发抖，但白果不得不承认，大魔王的标准美式发音，还挺好听。

"哈哈，果子别慌，你不知道吧？夏飞君是咱编辑部的英语学霸，有拿不准的，都可以问他。"莫小西倒像是对夏飞的"怼人"方式习以为常了，开玩笑道，"我觉得没错啊，要不英语大神教教我呗？"

白果连连点头，没想到大魔王又开尊口："小学英语，我可教不来。"然后，转身回了他的座位。

白果看看一脸无语的莫小西，又瞅瞅已经戴上耳机继续工作的夏飞，欲哭无泪。

这时，一直在旁边装"蘑菇"的凌舟，从手机屏幕上移开眼睛，轻轻拿过那份纸稿，在纸上"唰唰唰"写了一句批注——"人们会将她铭记于心，直到永远"，字迹娟秀。接着，他将稿子放回桌上，轻声说：

"其实这里的long能理解成'永远'，这句话咱们直译的话，是人们要用'永远'那么长的时间去忘记她，才能彻底忘掉，就是说人们永远都不会把她忘了，也就是永远都会记住的意思。"

"简单易懂！我就明白了。不过……"不过，凌舟虽然很厉害，这次又帮了自己的忙，但总是上班时间刷剧，不太好吧？两天前，白果就已经无意间发现过一次，那时她看到凌舟手机里播放的是《神探夏洛克》，她也喜欢这部剧，一集大概一个半小时，下班那会儿，他已经看完了三分之二。

还没等白果说完，莫小西一拍手，吓了两人一跳，问凌舟："凌小舟同学，你也是英语大神吧？"

"算不上，就英语成绩还不错吧……"凌舟嘴上谦虚，但白果能听出他语气中满满的自信。

"那你能教我英语吗?"莫小西说，"过两个月，我要出国自由行，正想恶补英语呢。"

凌舟笑出了一口小白牙："当然可以。"

夏飞的椅子大幅度地动了一下，发出"咯吱"一声，听得白果牙酸。

三

错误被及时纠正，没造成更严重的后果，按理说白果应该高兴的，可是……凌大神在救了白果一次之后，又把她坑惨了。

原本白果要和凌舟合作完成一个新栏目，但凌舟一直磨磨蹭蹭，眼看着夏飞交代的上交日期就要到了，白果心中惴惴不安。她不是没委婉地催过凌舟，奈何他只是一直笑嘻嘻、慢悠悠地查资料，也不动笔，她实在没办法，只能试着压榨他的休息时间。

小西姐，救命啊！那个，今天午休，你能不能帮我催催凌大神，让他赶栏目啊？午休前一刻，白果可怜巴巴地给莫小西发消息。

午休时间是休息时间嘛，不用着急搬砖（网络用语，指工作）。我相信凌大神能及时完成任务的。莫小西回复得很快：不说了，小西姐我要好好学习了！

白果看着又端起午饭，拿着英语资料凑在一起有说有笑的两个人，心中哀号。

“凌舟，过来一下。”夏飞君的声音突然响起。

凌舟放下筷子，走了过去。夏飞在电脑屏幕上指点着，声音少有地严肃，指出了不少错误：“全都是很低级的错误，你已经修改过三遍了吧？”

凌舟垂着头，没有回答。办公室安静下来，一分钟后，白果的QQ突兀地响了起来，打破了沉寂——

赫连湘歌：你说，夏飞君不会是吃醋了吧？他可不是第一次“找碴”了……

白果：啥？

莫小西：去去去，什么叫找碴啊，这是正常工作。

赫连湘歌：开玩笑的，当我没说，哈哈哈。

女编群消息的内容，搞得白果一头雾水。

低气压持续了一中午，下午，夏飞就给白果发来了“催命符”，询问那个让白果唉声叹气的栏目，隔天能不能按时交给他。白果没办法，只能把进度如实汇报给夏飞。

只见夏飞收到消息后，走到凌舟跟前，轻轻拍了拍他的肩膀，把他叫去了会议室，吓得白果差点儿摔了杯子。

漫长的两个小时后，他们回到办公室，白果偷瞄了几眼，不像发生过什么不愉快的样子，凌舟的神情反倒轻松了许多，还写了一张便利贴贴在了挡板上。

那之后，女编群里的画风一转，“我们仍未知那天男编们的谈话内容”成了大家的主要八卦话题，而白果惊奇地发现，凌舟上班时间再没开过小差，夏飞和凌舟也恢复了一起上下班、一起打游戏的日常。

原本，白果以为日子会一直这样下去，没想到几天后的周一，凌舟不声不响地辞职了！

说不清的滋味在白果心里蔓延，她想不通，他为什么突然离职，是因为大魔王挤对他吗？那自己算不算是告了他的状，成了大魔王的帮凶？她想找机会问明白，或者向凌舟道个歉也好，却不知道怎么张口。

直到，大家为凌舟举行送行聚餐时，白果才知道答案。

聚会上，凌舟笑得坦然又干净，就像白果第一次见到他时一样。他说，他的梦想是当英语翻译，但在出版业工作了一辈子的父母，却期望他能继承他们的志向。他不忍心违背父母的意愿，虽然其实打心底不喜欢做杂志、当编辑，所以之前很没出息地消极怠工。他说，他感谢夏飞，是夏飞洞察了他的想法，跟他沟通。那天，夏飞跟他说“去实现梦想，别拖拖拉拉”，给了他做自己的勇气。

白果终于松了一口气，却有了新的担忧：“那小西姐怎么办？没了老师，怎么学英语啊？”

夏飞用纸巾擦擦嘴，勾起一边的嘴角笑道：“我已经给莫小西报了专业的旅游英语学习班，针对性强，效果更好。”

大魔王人设要崩了？白果不敢相信自己的耳朵。

“不然凭她的智商，什么时候能学会？”夏飞接着说。

“吃菜，闭嘴吧你！”莫小西没好气地瞪了夏飞一眼。

一桌人哄笑出声。

天下没有不散的筵席，但白果相信，有些离别，是好的开始。

作家踢馆趴

编作互动零距离，

作者私生活大揭秘

沈君野

男，小MM签约作者。

昼伏夜出，性格分裂，时而高冷，时而搞笑。

喜欢一声不吭，讨厌一成不变。

肚子里憋着许多故事，如鲠在喉，不吐不快。

最想对遇到挫折的读者们说：“就算上帝为你关上一扇门，你还可以翻墙呀！”

已出版作品：

《千金当道（一）》

《千金当道（二）》

《千金当道（三）》

那些年莫小西离奇失踪的男作者之：不为人知的“暗恋”

文◎沈君野

有段时间，我觉得有人暗恋我。

怎么说呢？经常莫名其妙收到快递，先是收到色彩华丽又文艺的手账本，附带着手写的卡片：祝君野小朋友文思泉涌，灵感都可以记在这个本子里哟！

可爱的字体，可爱的语气，可爱的鬼脸。

我：……

朋友圈里没有这么不正经的人呀，到底是谁在耍我？

我问了问几个相熟的作者朋友，都没给我寄过快递，其他都是些不熟的，更不可能给我寄东西了。

于是这个手账本成了无人认领的可疑物品。

半个月后，同样的事件又发生了。

那段时间，我正日以继夜地赶《千金当道（四）》，蓬头垢面、脸色苍白不说，每天都顶着两个硕大的黑眼圈。

以至于我的前任编辑莫小西跟我视频催稿的时候，即使我戴着口罩，加了美颜效果，也把她吓得不轻。

她捂着嘴惊讶道：“天哪，君野，我只是要你把剩下的5万字交给我而已呀，你这是准备给我50万字的惊喜吗，把自己摧残成这样？”

呵呵，我的编辑是想稿子想疯了吧！我气得挂了她的视频，继续赶稿，结果，第二天又收到了快递。

这回寄来的是整整一箱面膜！是的，整整一箱！

卡片上的内容依然很可爱：君野小朋友，赶稿辛苦也要注意补水美白哟，每天都要做个精致boy（男孩），fighting（加油）！

天哪，我终于知道是谁了！莫小西！除了她，别人根本不知道我最近在“毁容式地赶稿”，更不会给我寄面膜！

我满心感动地爬上线，跟她致谢：亲爱的编编，没想到你对我这么好，给我寄了这么多面膜，我会好好写稿的！（一本正经地澄清：对这个爱催稿的“女魔头”，平时我说话绝对没这么嗲，都是被面膜感动的！）

结果，莫小西给我发了一连串问号：面膜？不是我寄的呀……

啊啊啊，真的不是你寄的吗？你难道准备做好事不留名？

呵呵，我是这样的人吗？是不是寄了很多？你根本不会用的对吧？寄过来，孝敬你亲爱的编编，为了催你的稿子，我容颜憔悴，每天都能老一岁！

听这说辞，真的不是莫小西！我震惊了，那到底是谁？

我在家静坐了老半天想这事儿，整整一箱面膜，按照我又懒又糙的性子，猴年马月才能消化掉？我的朋友圈里，难道还隐藏着我不知道的土豪吗？

土豪啊土豪，你快出来，我们好好做朋友呀！我可以把我的购物车截图发给你，你帮我清空一下好不好？

我忍不住满腹狐疑，拍了整箱面膜的图片，发到朋友圈，问所有我认识的编辑和作者，这回，依然没有人站出来认领。

到底是谁？真的好想知道！

这种被默默关注、关心、关爱的感觉，真的好抓狂啊！

图书部有个新来的小编A是《千金当道》的忠实读者，经常帮莫小西来催我写稿，时不时也会来跟我聊天，卖萌撒娇逼我剧透。

看到我发的图片，她忍不住帮我推理道：知道你最近密集赶稿的人可不多呀，毕竟你如今可是小西的“秘密武器”，肩负着冲击销量的重任，你的任何动态，她都是藏着掖着不让别人知道的。

对呀！自从我上次泄露了一点儿《千金当道》的后续剧情之后，她差点儿要来我家堵门了！所以我现在不管写点儿啥都得偷偷摸摸的。读者平时催我稿子，我都是装“死”的，免得他们再来打探剧情。况且，他们怎么会有我家地址呢？

所以说，只有编辑部的内部人员，才有可能拿到你家地址！肯定是内部人干的！

可是，除了莫小西和你，别的编辑为什么要给我寄这么多东西呢？

我摸了摸下巴，心里暗暗有点儿小自恋地想：难道……编辑部还有什么我的隐藏读者，悄悄关注着我和我的新书？

就在我沉浸在美好的遐想中的时候，手机突然响了，有人悄悄给我发了条短信：嗨，小野，我是夏飞，这几天一直在忙着几本图书出片，刚听编辑部的编辑在讨论，说你收到了不明人士送的面膜？嗯，其实，那是我送的，还有之前那个手账本，也是我……

啥？夏飞君？

我愣住了！作为一个闷骚的男作者，我可从来只跟编辑部漂亮的小姐姐聊天的呀，对于男编辑，呵呵……我们不熟！

至少没有熟到送面膜的地步吧！

我觉得有点儿惊悚，赶紧从冰箱里抱出一大罐冰淇淋，狠狠挖了几勺，让自己冷静下来，然后赶紧把这件事告诉了小编A。

对方显然也没想到结果会是这样，在QQ上沉默了许久，然后幽幽道：你这么一说，我突然想起，我今天去他办公室汇报工作的时候，不小心看到他桌上摆了好多资料，你写过的稿子风格，你的血型、星座、喜好，全都和你有关……

啊？他这是要干吗？我觉得一头雾水。

他在研究你！

听了A的话，我吓得手一哆嗦，一坨冰淇淋掉在了键盘上……

研究我？

天哪，我仿佛知道了什么不得了的事情！小A连珠炮似的打来一段话，君野，你是不是书卖得太好，人气太高，所以被夏飞君盯上了？毕竟他一直以来可是我们编辑部的畅销书君呢！我刚进公司的时候，就听同事说过了，所有畅销书作者，他都感兴趣！

听她这话的意思，是说夏飞君要挖我？可是，我是莫小西的作者呀！

我突然觉得冰淇淋有点儿太冰了，冻得我牙疼。

君野呀君野，虽然我一直看好你，但是真没想到你有一天会被编辑部两位金牌编辑争夺，这在我们图书部历史上可是从来没有过的！天哪，我眼光好好，天哪！这种剧情，简直像偶像剧一样精彩！

小A激动得上蹿下跳，我好担心她会在电脑那头发出杠铃般的笑声，惊动编辑部的其他人……

据说，小西的办公桌离她挺近的，要是被小西知道了，恐怕……

那后果我不敢想。

小A在QQ上飞快地打字问我：君野，考验你的时候到了，是阳光帅气粉丝万千擅长打造爆款的畅销书君，还是温柔耐心眼光独到集美貌与才华于一身的莫小西，都是超厉害的金牌编辑，好想知道，你究竟会怎么选择？

忠臣不事贰主，我可是有节操的！

你的意思是，你跟定莫小西了，绝对不会变心？

那当然！我敲下这三个字的时候没有半点儿犹豫，虽然小西催稿的时候凶神恶煞了点儿，但是她可是个非常称职的编辑，我怎么会把她换掉呢？

我还没来得及将这话发出去，我的QQ又响了，这回，不是小A，是夏飞君。

他直接对我说：小野，我很看好你哦，跟我吧！

啊？这么直接？

你的《千金当道》我都看完了，有很多想法想和你碰撞呢，要不要和我合作一个新系列？

我坐在电脑这头死命摆手，不行，不可以，小西知道的话，会杀了我的。

你放心，小西最近超忙的，根本没时间管你。我悄悄跟阿朱姐说好了，给她加了两倍的工作量，她根本没时间催你的稿子，你就放心到我碗里来吧！咱们合作个比《千金当道》好看的书，好不好？

你……你……你……你是我肚子里的蛔虫吗？怎么会知道我在担心什么？可是，《千金当道》真的写得有点儿腻了，有点儿想开新坑是怎么回事？

你好好想想，简蔓的《巧克力色微凉青春》、池小凡的《天秤座：优雅走过下雨天》这些畅销书都是我做出来的，你也可以哦！

夏飞君抛出的条件太诱人了，我想想小西经常陪我改稿子到深夜的认真劲儿，咬咬牙，还是拒绝了：可是，小西对我特别好，我不想换编辑。

不，你想……你只是需要一点儿决心。

夏飞君，不论你说什么，我都不会改变决定的。

好吧……那我们约顿火锅吧，为我们无法达成合作而致哀。夏飞君发来一个可怜巴巴的表情，让人不忍拒绝。

所以，我心一软，答应了这次邀约。

三天后，从那趟火锅之旅回来，某个清晨，我被莫小西的一通电话吵醒了。她在电话那头噼里啪啦骂了我足足半小时，然后“啪”地一下挂了我的电话。

我爬上QQ，有气无力地对小A忏悔：我错了，我不该嘴馋，不该去的……

你是不是已经悄悄搭上了夏飞君的贼船，背叛了小西！我看她今天早上跟喷火龙似的，好恐怖！

不要这么说，夏飞君实在是太舍得下血本了，一上来就10盘肥羊肉，呜呜呜，好好吃……

呵呵，10盘羊肉就能让你叛变……沈君野，你的节操呢？你的风骨呢？是谁说只是吃顿饭，绝对不会被收买的？

呜呜呜，你要相信我，我真的不想的。夏飞君实在是太能说会道了，我这样不擅长拒绝的人，根本抵挡不了他凶猛的火力，啊啊啊！

小A发了一个鼻孔朝天的表情，表达了她对我的鄙视之情……

我没敢告诉小A，其实还有5盘肥牛，不想让她觉得我是个没有底线的吃货。

虽然说出来大家可能不信，但我也是被算计了！谁能想到，吃火锅那天，夏飞君辛辛苦苦背了20套《千金当道》来店里让我签名。因为场面实在太感人，我一时激动，顺手就在他附带的那份《申请更换编辑协议》上也签了字……

稀里糊涂，我的编辑就从莫小西换成了夏飞君。

不赖我，责任全在火锅上。

我以为，这事儿在我的忏悔和小A的鄙视下，算是告一段落了。可是下午的时候，小A突然上线找我：天哪！峰回路转！夏飞君真是太有心机了！

我迷迷糊糊：怎么了？

你知道吗？他刚刚在编辑部到处打听，莫小西最近手上是不是又新签了一个写短篇的男作者？

啊？什么意思？他也想挖？

重点不是抢作者，而是专抢“男”作者。你想想，既然莫小西手上的所有男作者他都不想放过，这是不是就说明，他其实是不希望莫小西跟任何男作者有联系？

嗯？我好像突然意识到什么不得了的事情……

薄荷心纪事

实力作家大会聚，

书写甜蜜酸涩的青春物语

捉住一只孤单维尼熊
文◎焉 非
图◎虚境游灵

一

阳光肆无忌惮地从窗外涌进来，教室里落满亮莹莹的光。季施将额头抵在课桌上，偷看藏在桌屉里的漫画书，女孩齐肩的直发别在耳后，露出白皙的侧脸，看上去画面安谧而美好。

一双白色球鞋停在她桌前，过了半晌，有人轻轻放了本习题册在她桌上。她从漫画里抬眼，便看见男生涨红的脸。

站在她面前的是同学林阅迹，坐在和季施隔了一条走廊的前排。男生的额发搭在眼睛上，眼神明亮，竟然和刚看的漫画里温柔的男二号有几分相似。

季施不动声色地瞟了一眼桌上的作业本，问："有事？"

"这道题，能不能帮我讲下？"

他声音有些干涩，腼腆地望着季施。季施看着只写了一个"解"字的空白题，熟练地抽出稿纸演算起来，末了在答案上画上标记。

她将稿纸连着作业本一起递给林阅迹，他却没有接，戳在她桌前有几分尴尬，说："我……我不是来抄答案的。"

季施抬起眼来，单眼皮泛着冷厉的光，又隐藏得很好。她压低了眼角露出一丝微笑，说："不好意思，我以为你和他们一样。"

他们指的是班上的其他男生，或许还有部分女生。季施从小就是年级前三名，每年都能拿到不菲的奖学金，但是她在同学面前没有半点儿优越感。

她就像所有普通的高中女生一样，爱偷懒爱打扮，会下好大功夫打理头发，看漫画时一脸痴笑。

班上的同学有问题都喜欢来问季施，她不像其他人讲题时态度傲慢，更不会像老师那样喋喋不休。不管是谁，在她这里总能得到答案。

有时候甚至不需要讲解，答案算出来之后，来求问的同学就立刻抱着本子溜掉了。

季施心里明白，用什么公式不重要，有哪些类似的题型也不重要，大家都只是想知道答案而已。

“这个步骤我不太懂，你可以帮我讲一下吗？”林阅迹指向稿纸上的公式。

季施没有说话，黑色签字笔在女生指间旋转了一圈，按住，又旋转了一圈。窗外的阳光无声地移动着角度，阴影、光线、浮尘，如果细心一点儿，这个世界每时每刻都在变化。

但是很多人，都不曾感受到。

“好啊。”她终于扬起头，朝林阅迹笑道。

男生如释重负地舒了一口气，微微弓着身体，听她用公式正向推算。从第一个符号开始，一直到上课铃响，林阅迹抱着作业本，认认真真地和她道谢：“麻烦你了，下次如果你有不懂的也可以找我。”

“不用了。”季施的笑容里闪过一丝不悦，她瞟了一眼放在桌角的手表。

林阅迹占用了她六分钟的时间，并大言不惭地表示自己会超越她。向他请教？季施微微眯起眼睛，这种情况永远也不可能出现。

二

看起来鲜艳清脆的苹果，切开来果核却是黑色的。

季施拿着水果刀，愣怔地看着桌上切成两半的苹果。“坏掉了。”她语气中有些遗憾，却不由自主地拿起苹果咬了一口，随即皱着眉头吐出来。

舌尖微微发涩泛苦，原来坏掉的苹果是这种味道。那么，如果同学们细细品味，季施给的所有的好意，其实都是和它味道相似的吧。

她不经意间抬起眼睛，正巧撞见林阅迹好奇的目光。男生好事地走过来提醒她：“吃了会坏肚子的。”

“我知道。”

季施将苹果扔进垃圾桶里，回到座位上时，发现林阅迹依然站在她桌前，笑盈盈地望着她。

他将稿纸放在她桌上，说："季施，你上次教我的那题，有种更简单的解法。"

"是吗？"她假装好奇地看过去，确实是最完美的公式。

"我教你？"

"不用了，我已经看懂了。"

季施的手指在书脊上顿了顿，笑着看向林阅迹，男生愣怔了一瞬，乖乖拿着稿纸离开。其实，季施昨天就知道有两种解法，只是不想告诉他而已。

没想到林阅迹自己想出来了，这个认真到有些固执的男生，似乎和季施较上了劲。

季施看漫画的时候，他会冷不丁地敲敲她的桌面，用熟络的语气提醒道："小心别影响视力。"

季施置之不理，他也不生气，下次依然会来敲她的桌面。

有同学向季施请教问题，林阅迹忽然阴魂不散地靠近，说："用请教的借口来抄答案，是对季施的不尊重哦！"

"没关系。"季施说。

"林阅迹，你别多管闲事！"同学不满地瞪他一眼。

"这道题只是语序换了而已，将单词背下来就没问题了。"

他不以为意，甚至从季施手中抽走笔，强行帮同学讲起题来。本来无心听题的同学顿时吓得落荒而逃。

林阅迹将笔还给季施，端着清秀的一张脸，轻声告诉她："你这样纵容他们，并不是在帮他们哦。"

季施怔住了，许久都说不出话来。男生清明的眼神，像是剖开了她好脾气的假象，看到她自私阴暗的内心。

回到家以后，季施将书桌上的成绩单翻出来，从高一开始，每场考试她都是第一名。再往下细细搜寻林阅迹的名字，第三十五名、二十八名、十六名……

他每一场考试都在进步。

季施无力地靠在椅背上，目光落在桌角的黄色维尼熊上。小时候的那一幕又浮现在眼前，邻居家小孩抱着季施的维尼熊不肯松手，妈妈自作主张将玩具送给了对方。季施不肯，伸手去抢，却被妈妈指责不懂事，狠狠揍了她一顿。

后来季施买了一模一样的维尼熊，但是都无法弥补小时候的委屈。她从来不允许别人有机会跟她抢，如果能够重来一次，那只维尼熊她会一直锁在抽屉里。

季施蜷缩在椅子上，台灯静静地照亮书桌。摊开来的习题册上密密匝匝写满了笔记，扉页被翻旧起了毛边。在学校慵懒的季施，回到家每一分钟都在拼命学习。

不用努力就能得到第一名，这种话不过是说说而已。

偷懒耍赖索取答案的人越多，她的竞争对手就会越少。不管说她自私也好，腹黑也罢，她真的很讨厌别人和她竞争，害怕面对自己输掉的模样。

三

自从期中测试进入前十名后，林阅迹忽然有了好为人师的毛病。

他乐此不疲地给同学们讲题，谁也别想在他那里轻易套出答案，跟季施比起来，林阅迹啰唆得要命。

但是渐渐地，大家更喜欢听林阅迹慢条斯理的语调，遇到难度高的题目，他便会带着同学一起来找季施讨论。

季施看着他们兴致高昂的样子，指尖的笔转了一圈又一圈，目光落在林阅迹微微发汗的额头上，目光如同夜里的灯光一般冷寂。

对于林阅迹来说，季施到底是对手还是朋友？

他总是不合时宜地出现，提醒她要吃早饭，不然血糖会低。他回答老师的问题时，会回头看她一眼，似乎等待她眼神的肯定。

后来数学老师的附加卷，不再给季施一个人，有时候也会用来考考林阅迹。

他做完来找季施对题，季施瞟了他一眼，说：“林阅迹，你字写得真难看。”

直白的否定如同利刃一般，刺破空气，林阅迹的笑容僵在嘴角，讪讪地说：“还差点儿笔锋。”

“回去练字吧。”她不肯再看他。

在支走林阅迹后，季施看着空白的卷面陷入了沉默。

她没能解出来的题，林阅迹却算出来了，或许下一次考试，她再也不是第一名。

如果每个同学都像林阅迹这样，季施根本就不会有机会。

体育课结束，季施拿着外套往教室走，正巧碰见林阅迹站在走廊上。男生刚刚踢完球，胸口起伏不定，笑容却很灿烂。

“季施，我……”

他话没有说完，季施忽然面色苍白地踉跄了一下，林阅迹慌忙搀扶住她。

她推开男生，往后一步靠在栏杆上，眼前昏天暗地如同坠入深渊，深呼吸许久，眩晕感才渐弱。

林阅迹担忧地望着她，她若无其事地准备离开。

林阅迹却忽然伸出手来，掌心里放着一颗糖，说：“早就提醒过你要吃早餐，还好我一直带着糖。”

阳光落在他指尖，手心里的糖纸闪闪发光，季施迟疑地接过。

林阅迹开心地笑了，说：“季施，我终于知道你为什么会教他们写题了。”

她目光闪过一丝震惊，拿糖的手指僵住，眩晕感似乎又要袭来。他终于知道了她的自私与胆怯，那他会不会知道，她真的很讨厌他?

不管他把季施当作什么，在季施心里，他一直是不断强大的可怕对手。

季施低下头看着脚尖，听到男生说：“原来给别人讲题的时候，自己会理解得更加透彻。”

“林阅迹，这是你讲题的目的吗？”

“也不算啦，只是能够帮助同学真的很有成就感，而且当初你也是这样对我的，不是吗？”

“如果他们……”季施顿了顿，轻声问道，“如果他们超过了你，考的分数比你还高，甚至将你挤下奖学金的名单，读了你一直向往的大学，你会怎样？”

林阅迹被她问住了，季施看着他沉思的表情，心里想，做出和她一样的选择吧！不要再去做吃力不讨好的事情，不要让自己前行的路上有更多的竞争对手，不要一脸善良的模样，让她感到自惭形秽。

“我想和你考同一所大学。”

这是林阅迹的答案。

可是他不知道的是，当他考上时，意味着另一个人会落榜。就好像那个唯一的维尼熊，当你得到时，意味着有人不得不失去。那个可怜的倒霉鬼也许是别人，也许正是季施。

季施脸色苍白地笑了笑，独自向校外走去。

四

期末考试的前几天，同学们四处打听考场的座号，趁着午休时间，坐在季施旁边的同学来求她帮忙作弊。

季施心中冷笑，露出和以往一样为难的笑容。

就在她即将答应的时候，林阅迹却忽然拿着书出现在他们面前，一本正经地说：“刚才我都听到了，如果你们不好好复习的话，我会告诉老师哦。”

“林阅迹，你太冷血了吧？”有同学不满地叫道。

“高考不会有人给你抄。”

“现在不还没到高考吗？想那么多干吗？”

“到时候想就晚了，如果现在你们有不会的，都可以来问我。如果我不会的，你们可以问季施，倘若季施也不会，你们可以问老师。”

“林阅迹，你太能管闲事了！让不让我们抄答案又不是你说了算。”同学的目光落到季施脸上，“季施，你愿意帮我们吗？”

林阅迹的睫毛覆下，漆黑的瞳孔无声地望着她。他在等她拒绝，季施面无表情地扬起头，轻声说：“好啊。”

就好像寒冬突然而至，那颗外表光洁无瑕的苹果终于露出了黑色的果核。

林阅迹失望的眼神如同大雪，将季施心中那颗即将萌芽的种子冷藏。

考完试正是盛夏天气，头顶的吊扇吱呀呀旋转着，隐约的光影掠过整齐的课桌。

季施收拾了书，抬眼看见教室里只剩下她和林阅迹。

男生穿着整齐的校服，站在原地远远看着她，问道：“上次你问我的问题，是不是你想问自己的？”

“什么问题？”她假装忘记了。

“你害怕输掉，所以宁愿所有人都不如你。可是那样的话，你永远也感受不到竞争的快乐。”

她抱起书朝门外走去。

林阅迹又说：“有些事情并不是你能控制的，就算我们班所有人都比不过你，其他班、别的学校……总有强劲的对手会站在你面前，让你不得不打起精神来迎战。”

季施回过头，清澈如泉的目光落在林阅迹身上，她问：“那个人是你吗？”

林阅迹坚定地点点头，抱着书从她身边擦肩而过。夕阳的余晖斜斜落在走廊上，他朝与她相反的方向走去。

季施想，原来这就是背道而驰的意思。

只不过，林阅迹不知道，考试时她没有将答题卡推出去，她即将成为让同学讨厌的捂住答案的学霸。

之所以没有告诉林阅迹，是因为季施想等到成绩出来，他发现自己输掉的时候，再告诉他也不迟。

其实，在林阅迹质问她之前，她就已经准备好迎战，所以如果竞争对手后知后觉而松懈的话，正好中了她的圈套。

“林阅迹，就算你考上了我理想中的学校，被挤下去的那个人也绝不会是我。”

季施这样想着，抱着书笔直地朝阳光走去。

同桌的她
文◎郑 星
图◎虚境游灵

01

开学排座，老师要求同性别的同学组成同桌，但高一（3）班的同学发现，他们班男生总数与女生总数都为单数。这就意味着，有一个男生和一个女生，会成为班里唯一一组异性同桌。

而按照身高排序下来，男生中个子最高的方烨和女生中个子最高的蔡梦柠，顺理成章地成了这个“唯一”。

当方烨和蔡梦柠站在一起时，他们的前桌发出了一句感叹：“你们两个也太高、太般配了吧？别人叫筷子兄弟，我看你们可以组个组合叫‘筷子兄妹’。”

喂喂喂！不要胡乱组组合好吗？方烨边在心里吐槽，边打量了一眼身旁拘谨的蔡梦柠。的确，蔡梦柠实在太高挑了，如果他再矮几厘米，站在她身边肯定也倍感压力。

就在方烨暗自思索时，蔡梦柠也朝他望了过来。两人四目相对，短暂尴尬后，方烨率先礼貌地扬起了嘴角。方烨本以为女生也会回以微笑，结果蔡梦柠迅速转过头去，居然不理他了！

喂！这家伙对新同桌这么冷漠的吗？方烨的笑凝结在脸上。但他转念一想，或许是因为她不开心自己落单吧，毕竟全班就她一个女生跟男生坐在一起。而且前桌刚刚还硬给他们取了组合名，虽然只是玩笑，但她或许很讨厌这样强行与他人捆绑……

有了这样的推论后，方烨原谅了她刚才的不礼貌。他想，过些日子，等他们熟起来后，她一定不会再冷漠地无视他。

可惜，方烨预判错了。他的这位同桌，简直是位冰山美人！你如果不主动找她说句话，她绝对不会主动跟你多说一句。而且，她在面对方烨时，最常做的动作就是把脸转过去，仿佛多看他一眼都让她厌烦。

这给了方烨巨大的打击。他很想知道，她为什么这么不待见他。所以有时候，他会偷偷观察她。譬如这节作文课。

老师布置完作业后，让班长在讲台上坐镇，监督大家完成一篇人物描写。

方烨想不出写什么，一边转着笔，一边左顾右盼。忽然，他的目光落在了他身旁的蔡梦柠身上。而这位冰山美人，此刻正托着腮望着窗外的雨幕。她的姿态隐隐透出惆怅的心境，这让方烨觉得她更拒人千里了。

或许她不是讨厌自己，她只是本身性格太高冷？方烨竟对着蔡梦柠望向窗外的侧脸出了神。

突然，一枚粉笔头迅猛地飞了过来，砸到了他的脑袋上。

“喂！班长，你干吗？”方烨捏着粉笔头，气恼地转过头，瞪着班长。

班长撇撇嘴说：“我才要问你，你在干吗？一直盯着人家蔡梦柠，你能完得成作文吗？”

班里的同学听到这话，立刻发出了起哄声。

方烨一阵尴尬，最后还是装得硬气地嚷道：“不是说写作文要多观察周围的人、事、物吗？我刚才只是在挖掘生活的素材！”

“所以你准备写你同桌咯？”

“不可以吗？”方烨挥动着笔，准备在作文本上写下标题。

突然，一只手伸了过来。

“不可以！”蔡梦柠一把夺过方烨的笔。笔尖在纸上画下一条长长的笔直的黑线。

“啧！”方烨不悦地瞄了一眼黑线，抬起头来，看到蔡梦柠涨红的脸。此刻，红彤彤的脸上，那双眼睛正怒瞪着他。

周围的同学又开始起哄。

下不了台阶的方烨，在心里嘟囔了一句：这家伙，可真讨厌啊！

02

方烨后来反省，他其实不能怪蔡梦柠在作文课上不给他台阶下。毕竟是他害她突然成了全班的焦点，在当时的压力下，她做出过激反应其实无可厚非。只是经历了这件事后，他面对她更尴尬了。

两个人交流比以往更少，课桌与课桌之间的缝隙，似乎成了楚河汉界，将他们划分开来。

但很快，方烨没空再纠结于这尴尬的处境。因为他被班主任分派了校文化节晚会表演的任务。

不同于其他班级唱歌跳舞表演魔术，他们班上报的节目是时装走秀。这算是班主任的一点儿小私心，因为她的女儿刚从设计专业毕业，她想让女儿设计的男装能有一个展示的舞台。而小时候学过走秀的方烨，领着几个男生做起了模特。

节目编排的过程很顺利，彩排的时候也没出过岔子，方烨以为一切都准备得万无一失了，谁承想表演当天却出了问题。

当时，模特秀表演已经开始，方烨身着富有设计感的服装帅气登场，获得无数的掌声和欢呼，但是模特之一的小吴同学迟迟没有出现在后台。

设计师急得直跳脚。找人打听了半天小吴的去向，结果得到一个噩耗——小吴拉肚子拉到脱水，被送去了医院。而此时，方烨已经展示完一套衣服走回到了后台。他看到设计师焦躁不已，便安慰她，实在不行他和其他同学多换一套，撑完全场。

设计师却摇摇头，说："我们最后的集体展示，少个人，气势就弱了很多！"说着，她冲出了后台。

几分钟后，她拉着一个身材高挑的同学冲回了换衣间。方烨刚换好第二套衣服从换衣间出来，撞上来人，着实吓了一跳。

"蔡梦柠？你来干什么？"

"我……我来填补小吴的空缺。"蔡梦柠眼神躲避，弱弱地说道。

"可我们是男装秀啊！"

"男生穿女装会有点儿怪，但女生穿男装会有不一样的效果。"设计师像是发现了块宝似的，拉着蔡梦柠就往换衣间走。

方烨看着同桌的背影消失在帘子后，不禁皱起了眉头。他们为了走好模特步，花了好长时间排练，蔡梦柠这种临时抱佛脚的，真的没问题吗？

抱着对蔡梦柠的不信任，方烨再次走上舞台。他走到最前端站定，展示服装。底下又响起了热烈的掌声。正沾沾自喜呢，忽然，他发现欢呼声更大了。

他转身往回走，发现跟在他身后的竟是蔡梦柠！

她穿着一身线条利落的西装，意气风发地踩着音乐的节拍，不紧不慢地朝前走去。那架势，那自信的神态，让方烨甚至不惜犯下走秀大忌，在舞台上频频回首去看她。

“哇，蔡梦柠超级帅啊！为什么这么帅啊？她平时不是扭扭捏捏一声不吭吗？现在是怎么回事啦？”一同走秀的男生在舞台边拉住下台的方烨，不停表达着心中的惊叹。

而方烨则呆呆地看着舞台上游刃有余的蔡梦柠，再次皱起了眉头。一些朦胧的思绪正从他脑海里闪过，可他已经来不及细细捕捉了，因为此刻，他心中只剩下感慨：这家伙，真好看……啊不，真讨厌啊！居然抢走了我的风头！

虽然这想法恶狠狠的，但是旁边的同学后来发誓说，他绝对看到了方烨当时在笑，而且笑得很不一样……

03

因为有了蔡梦柠的救场，时装走秀的表演总算有惊无险地完成了，大家都松了一口气。末了，他们还帮设计师把服装送回到她车上。

在搬运的过程中，方烨和蔡梦柠一度又走在了一起。两人照例尴尬了一会儿，最终还是方烨忍不住开口问蔡梦柠：“蔡梦柠，你以前走过秀吗？”

女生抱着厚厚一摞衣服，突然错愕地看着他。

“没……没有啊……”她慌张地回答。

“这样啊……那你还真是挺有天赋的。”方烨由衷地夸赞。

“谢谢。”蔡梦柠低下头，想快速地把话题结束。方烨却准备继续追问下去。

就在这时，校长的声音突然从他们身后响起。

“两位同学！”他叫住他们。

方烨和蔡梦柠惊恐地转过头，狐疑地看向校长。

“怎……怎么了，校长？”方烨问道。

校长笑了起来：“你紧张啥呀？刚刚的演出你们表现得很出色，所以我想邀请你们来帮学校的新校服拍一套宣传照。不知道你们愿不愿意？”

“我没问题。”方烨不知为何松了一口气，挠挠头，看向蔡梦柠。校长也跟着用恳求的眼神望向蔡梦柠。

蔡梦柠在两人的注目下抿了抿嘴，最终还是点了点头。

于是，方烨和蔡梦柠的第二次合作，就这么敲定了下来。

校服宣传照拍摄时间安排在了周六下午，由学生会宣传部的学姐掌镜。

学姐看过文化节晚会上的走秀表演，对蔡梦柠印象深刻，拍摄过程中，更是对她花式猛夸，说她气质非凡，说她浑身透着时尚，一套单人照照下来，只花了十五分钟。

这倒是激起了方烨的斗志。他暗暗掷下赌注，发誓一定要比蔡梦柠更快完成任务。可惜最后，当学姐停下按快门的手时，他手表计时器上显示，他的单人照比蔡梦柠多花了十分钟。

啊，这家伙，太讨厌了！方烨看向一旁休息的蔡梦柠，不服气地想道。

“喂，学弟，看啥呢？”学姐发现他在出神，伸手在他面前晃了晃。

方烨回过神来，扯扯嘴角道："没，没什么。"

"那就赶紧准备一下，待会儿跟梦柠拍个合照。"

"还有合照？"

"废话！"学姐将他猛地推到了蔡梦柠的身旁。

高挑的少男少女站在摄影幕布前，拘谨地并肩而立。一开始，两个人的合照拍得非常不顺利，可是在学姐的指挥下，他们慢慢找到了感觉。

背对背、肩并肩……两人变换着各种姿势，默契十足。

结果就在拍最后一个镜头时，蔡梦柠身旁的摄影灯突然一闪，崩坏了。

而这一闪，吓了蔡梦柠一跳，害她差点儿踉跄地摔倒在地。还好方烨反应及时，一个箭步扶住了她。

就在这时，方烨脑子里也似有盏"灯"一般跟着闪了下。他扶着蔡梦柠僵在了原地，惊讶地对着她吐出了四个字："居然是你！"

蔡梦柠不满地瘪了瘪嘴，说："方烨，你果然是个榆木脑袋！现在才想起来！"

04

其实那天节目结束后，蔡梦柠撒了谎。她不是临时被抓上台就会走台步的天才少女。在读高中之前，她已经进行了多年的模特练习。而且，她曾经跟方烨在同一个小模特培训班里上过课。

那时，方烨是模特班里最受同学欢迎的学生。他长得帅，性格又好，大家都愿意跟他玩。蔡梦柠也想跟他玩，可惜他周遭围着太多人了，她害怕自己融不进去，最后只能悻悻作罢。

而每天被朋友们环绕的方烨，自然没有把这个他们圈子外的女孩牢记在脑中。他唯一记得的关于她的事是一件意外，也是他的一件糗事。

小模特培训班的老师为了锻炼大家的能力，安排他们参加一家儿童服装公司的新品发布会。年纪尚小的方烨和蔡梦柠被安排在了一组，他们负责展示童话主题的潮童童装系列。

蔡梦柠穿着一条非常美丽的公主裙，走在方烨的前头。但她没想到，那场发布会，底下会坐着那么多人！彩排时可没有那么多双眼睛盯着自己！

蔡梦柠第一次面对这么大的阵势慌了神，走路时感觉自己都是轻飘飘的。然后，不出意料地，她踩错了音乐的节奏，心里一急，脚狠狠地踩住了内里的裙摆。

"啊！"她尖叫一声，眼看就要摔倒，后头的方烨迅速发挥骑士精神，一个跨步，从后面托住了她！

可因方烨步子迈得太大，又加上服装公司为了好看给了他一条小码的裤子，他的骑士裤裤裆"刺啦"一声崩裂了！

这下换方烨惊慌失措了。他在T台上捂住裤裆，羞红了脸。下一秒钟，蔡梦柠看到他低下头，疯狂地奔回了后台。

后来发生了什么呢？时过境迁，蔡梦柠已经忘记了。她只记得，那次走秀之后，方烨就再也没来上过课。

"所以，我想，你一定非常非常讨厌我。"

"这就是你开学后，一直对我冷漠、不理我，又每天忧心忡忡的原因？你怕我想起往事，记恨你？"

蔡梦柠看着方烨，不发一言，似乎在默认他的话。

"你把我想得也太小心眼了。"方烨忽然没好气地笑了，他说，"蔡梦柠，其实我应该感谢你才对。"

"哈？"蔡梦柠不解。

"我小时候是被我妈逼去学走秀的。经历了那次意外后，我佯装心灵受创，我妈就再也不敢逼迫我去学那些课程了。"方烨调皮地吐了吐舌头。

蔡梦柠看着他的模样，惊讶地眨了眨眼。这时，她听到方烨问她："那你呢？你后来还有继续学吗？"

"有啊，不然文化节晚会我哪有勇气上台？"

"果然如此！"方烨松了口气道，"我就说，哪有人随随便便就能抢走我的风头！知道你一直在练习，我就宽心了！哈哈哈……"

"你好胜心也太强了……"蔡梦柠听完，抚了抚额头，跟着笑了起来。

"喂喂喂！我说，两位学弟学妹，你们叙完旧了吗？"最终，还是学姐打断了他们的对话。

"啊，对不起。"两个人这才反应过来，他们还在拍摄现场，于是异口同声地道歉。

"那我能开拍了吗？"

"好的，没问题。"又是异口同声。

学姐笑笑，抬起了相机。

镜头前，两个人站在一起，露出了比之前更灿烂的笑容。

"咔嚓。"时间在那一刻被永久定格。

文◎胡文捷
图◎虚境游灵
爱沙尼亚
鲜花少年

1

刘医生把药推到我面前，对我笑笑："病情控制得不错，我还是给你开了和以前一样的药，不舒服了就服一颗。"

我拿过药单，对刘医生笑了笑，道："谢谢。"

我得了一种病，不能一个人待在没有人的地方，否则就会有很不舒服的窒息感袭遍全身。

刘医生是我的主治医师，从治疗开始，每个月我都会见一次他，离开办公室时，他与我闲聊了一句："最近与妈妈的关系好点儿了吗？"

我抓着药，说："没有，真希望能有一瞬逃离她啊！"

爸爸的车早就在外面等着了，我坐上副驾驶座，车开起来，爸爸和我扯东扯西，突然说："暑假了，反正也没什么事，不如去国外散散心吧？正好你姑姑打电话来让你过去玩。"姑姑一家在爱沙尼亚的首都塔林做旅游生意，去了有十余年，现在已经小有规模。

"也好，起码在塔林，可以不用看到妈妈，如果你能说服我妈让我去，我就没问题。"

"你妈妈的工作我来做，你就踏实去玩儿吧！"爸爸说。

我妈是个控制狂——

我的每一套衣服都是她配的。

朋友圈或微博发的所有内容也要经过她审核。

她觉得好吃的东西，就会强迫我吃。

她不同意的地方，我绝对不可以去，去了她也要随身跟着我……

不知道我爸是怎么说服了我妈，半个月后，我坐上了飞往爱沙尼亚的飞机。

我那控制狂妈妈因为有事没来送我，让我很开心，这样就免去了她很多唠叨。

长途飞行让人觉得新奇又疲倦，走出机舱的那一刻，吐出一口故国的二氧化碳，吸入新城的氧气。

姑姑已经在机场门口等我了，她似乎很忙，给了我一个大大的拥抱和笑容之后，就一边开车一边打电话，叽里咕噜讲着爱沙尼亚语，我一句也听不懂。

伦纳特·梅里机场离塔林老城不远，姑姑一个电话的工夫，车已经开进老城。

在坑坑洼洼的石板路上前行，道路变得狭窄，周围是色彩明亮的房屋，给我一种穿越回中世纪的错觉。

“很忙吧？”我问时不时瞄手机的姑姑。

“是啊，旅游旺季嘛，下午要接一个团。你最近好点儿了吗？”

我点头道：“好多了，不然也不会出来玩儿。”

姑姑继续问：“你爸妈呢？”

我有些含糊地答道：“也都挺好的啊！”

姑姑看我提不起精神，转移话题道：“我安排了一个小帅哥当你的跟班，包你在爱沙尼亚玩得开心！”

她抬起架在鼻梁上的墨镜，冲我俏皮地眨眨眼，我有些忐忑地回以微笑。

到店后，姑姑把我的行李卸下，叫了柜台后面的人帮忙。

只见一个褐色头发的脑袋突然从柜台后钻出来，他头顶戴着花环，花似是新采摘的，还有新鲜的水汽。没想到这个戴花的人竟然是个亚洲男生！

“你……你好……”我犹豫道。

少年瞪着黑溜溜的眼睛看向我，我吓了一跳，他看着我，亮出白牙，笑道：“你就是老板的侄女，舒悦，对吧？”

我迟疑地点头，他站起来，比我高一头多，冲我伸出手道：“我是你在塔林全程的陪同，我叫霍畅，你去休息吧，下午我带你出去逛古城。”

我的房间就在姑姑家门店的后面，我把行李放下后，转了几圈，便回到前台，坐在待客的沙发上。霍畅看着我，有些不解：“你不累吗？”

我违心地说：“不累，你忙你的，我坐在这里看看风景。”

在我炯炯有神的目光下，霍畅终于忍不住站起来说：“我回去收拾一下，马上就带你出去玩，不过我每天都要带着我的宠物小火出来遛弯，带上它可以吗？”

我连忙点头：“可以的。”

霍畅的身影消失在街角，我有些焦虑地拿出药瓶，又吃了几粒药缓解焦虑的心情。

塔林的云像是神写意的手笔，层层点缀在红瓦尖顶的屋檐上面，光线落在石砖缝里，又弹跳出来，像珠玉一样洒在塔林老城的大街小巷。

2

我傻傻地指着霍畅手里牵着的宠物：“这是你家……小火？”

霍畅摸了摸小火的脑袋，笑道：“很可爱吧？”

灰色的鬃毛，长长的耳朵，洁白整齐的牙齿，带点儿轻蔑意味的眼神，这种“宠物”的学名好像叫……驴？让我跟一头脖子上挂着金色铃铛的驴逛塔林古城？我有点儿嫌弃。

除却我们的阵容有些奇怪，整个行程还是很愉快的。

我们走在去往上城区的石板路上，两侧是堆砌的石墙，有零星的街贩在售卖艺术品，带有塔林艺术特色的木框画在石墙上零散陈列，有一种闲散的舒适。他们都认识霍畅，和他打招呼，笑着喊他“Hopster”。

我问霍畅：“你的英文名字叫Hopster吗？”

霍畅笑笑，带我走进一家酒水店。

我们在一些瓶瓶罐罐中穿梭，来到一排啤酒柜前，他拿出一瓶啤酒，指着上面的标签说：“Hopster是爱沙尼亚人最常喝的一种黑啤，喝起来干干的，有点儿涩，有果仁的味道。”他指了指上面的张贴画，那是一张彩色手绘画，画的是一个戴着花环、留着胡楂的男人，肩膀上蹲着一只猴子，“这形象很好辨认，我也戴花环，所以大家都叫我Hopster了。”

我嘀咕道：“男人戴花环，还留胡楂，这个形象好混搭啊！”

霍畅笑道：“你不觉得有种别致的美感吗？”

我们交谈着走出了店铺，看着眼前向上弯曲的石板路——我们必须要爬上这一段路才能到上城区，在那里的观景台可以俯瞰整个塔林。

我揉了揉额头，从国内飞来，又没有休息，逛了这么久，有些累了，我真诚地看着霍畅，问：“请问，我可以骑一下小火吗？”

小火和霍畅同时转过头，不可思议地看着我，小火龇了龇牙，鼻孔喷出一阵气。

霍畅瞪着我：“你会骑你家的猫你家的狗吗？”

我结巴道：“可……可是……体形不一样……”

霍畅的声调提高了几个分贝，他说：“宠物和畜生是有区别的，小火是我的宠物，我要定期为它清理毛发，给它修剪蹄子，偶尔还会为它做一个发型。它在我心中的地位，和那些猫狗在它们主人心中的地位，是一样的。”

我惭愧得低下了头：“对不起……”

小火哼唧一声，尥起蹄子向前走去，它的毛发在阳光下越发有光泽。

因为我实在走不动了，我们挑了一条偏僻的近路去上城，霍畅看我一脸憔悴，说他和小火去买点儿吃的，让我在原地等他。

道路狭窄，两侧高高的建筑向中间围拢，投下浓重的阴影，一时间，整条里弄空无一人，只有街边橱窗里玻璃器皿上刻画的无面人冷冷地对着我。

我缩了缩，小声地喊：“霍畅……”

无人应答，那种令人窒息的感觉又来了。

我缩成一个球，风从头顶落下，吹着我身上的汗，格外阴冷，我身上忽冷忽热，手脚发麻，面前的世界破碎变换，感到一阵又一阵的晕眩，我慌张地把手伸进背包拿药，发抖的手却怎么也拉不开拉链。

就在这时，有人着急地抓住我的肩膀晃了晃我，声音遥远缥缈："舒悦？舒悦？"

我泪眼蒙眬地抬起头，看见霍畅着急地看着我，小火在旁边瞪着大驴眼，研究着我。晕眩感这才有所退却，我慌乱地擦擦眼泪，说："我……我以为你们不会回来了……"

霍畅坐下来，轻轻打开打包盒，推到我面前，说："怎么会呢？我们只是去买点儿食物。是我的错，下次让小火留下来陪你，好不好？"

小火摇头晃脑，脖子上的铃铛叮当作响，我点点头，拿过打包盒。

那是一盒在塔林常见的海鲜沙拉，因为临海，塔林总是有许多新鲜的海鲱鱼、三文鱼和凤尾鱼，沙拉搭配着硬面包、青瓜和红洋葱，整盒色彩艳丽的沙拉就好像塔林的房屋一样，热情又温暖，我的心情随着这盒沙拉回温。

我吃了一口三文鱼，柔软的口感在舌尖停留，不知是因为霍畅的存在，还是因为新鲜的食物太好吃了，让我觉得安心了不少。

我小声地说："我很害怕自己一个人，特别是第一次到陌生的地方，如果一个人，会窒息。"我从包里掏出塑料盒，里面有斑斓的药片，"这是医生给我开的药，只有吃药才能让我镇静。"

霍畅欲言又止，最后拍拍我的后背，安慰我："别怕，我和小火都在呢！"

小火凑过来，伸出温热的舌头舔了舔我，似乎原谅了我之前要骑它的过分要求。我正回以微笑，小火一伸舌头，卷走了打包盒里的几根洋葱。我尴尬地伸出双手："来，小火，都给你吃。"

霍畅哈哈大笑，太阳升高了一些，终于有阳光漏进这条狭窄的里弄，我们循着光线的足迹一路向前。霍畅很照顾我，会留意我，始终站在我一抬头就能找到他的位置。

我们来到上城，这里可以看到整个塔林古城拥挤错落的红顶房屋，白色驯鸽在青天下飞翔，落在朱红色的屋顶，像跳跃的音符。

霍畅指着远处的一幢青铜色高塔，告诉我那是圣奥拉夫教堂，教堂塔尖是最高的观望点，在那里，不仅可以看到塔林老城，还可以看到新城外的港口和波罗的海，风景最为优美，他明天会带我爬上这座教堂尖顶。

我望着高塔，心想，最高处俯瞰的风景，到底是什么样子呢？

3

和小火朝夕相处一天，我已经习惯了身边有一头驴，并且在吃喝的时候想着给小火也带一份，小火对这一切都心安理得。真是驴也有驴命啊，霍畅把它伺候得简直像个驴皇帝。

圣奥拉夫教堂登顶的楼梯狭窄，常常只能容一人通过。我紧紧跟着霍畅，这种狭小闭塞的空间让我极端不舒服。

霍畅不断鼓励我，并诱我想象登顶后的风景，我埋着头往上爬。也不知爬了多久，前面突然没了声响，我心中惶然，猛地抬头，发现霍畅不见了。

“……霍畅？”没有回应，只有狭窄的阴冷的没有尽头的楼梯，“霍畅！霍畅！回答我啊！”我大叫着，可是除了自己几乎要扭曲的声音的回声，没有任何答复。

我慌乱地掏出手机，给霍畅拨打电话，一边喘着气沿着墙面坐下，身上一阵湿冷。

还好，霍畅接听了我的电话，他的声音温暖又干净：“喂？”伴有呼呼的风声。

我晃了晃头，挤走晕眩的感觉：“你走得太快了……我……我还在后面，可不可以下来接我？”

霍畅笑道："我已经上来了，你再努力一下就到了哦！"

我蜷缩着，额头上全是汗："不行……我真的做不到，我有病啊，真的是很严重的病啊，我现在腿都软了，没法站起来……"

我颤抖着从包里拿出药瓶，抖着把药片晃出瓶子，也不知道有多少粒沿着指缝漏出去，弹跳着跌落台阶。

霍畅平静地跟我说："舒悦，你听我说，你没有病，那些全都是心理作用，你勇敢一点儿，站起来，真的马上就要登顶了。"

我闭上眼，又想起了那个夏夜的傍晚。在上海的街道，日头落下，在黑夜中，霓虹闪烁，无数的建筑物像吃人的妖怪，青面獠牙，狰狞可怕。

五岁的我和妈妈第一次来到上海，我和妈妈走散了。我在人流中看着无数条腿，每个停下来看着我的人，都有一张陌生的脸，他们也是妖怪。我说不出话，我无法回答任何问题，我蹲在地上，抱着膝盖，歇斯底里地哭泣，我无数次呼喊妈妈，可是她无处可寻。

那样的感觉，哪怕是时隔十年，每次回想起来，都清晰到恐怖。

巨大的城市将我笼罩，每一条光线都如此刺眼，陌生的气息和人群将我吞没，我无处可逃，我怕再也回不到熟悉的家。

我晕眩，哭泣，牙齿不停地打战。

那件事发生之后，妈妈很自责，所以之后无论我到哪里，只要可以，妈妈都要跟着我，这样的桎梏让我觉得烦躁，我觉得妈妈矫枉过正，她却认为这是补偿。

这种爱的枷锁，我宁愿不要！

我抓着药片，难以控制自己的情绪，我对着电话那头的霍畅喊道："你懂什么？你不是我，不知道发生在我身上的事，有什么立场说我这些都是自己臆想出的心理作用呢？"

霍畅沉默了一下，说："你没病！医生给你开的那些药，都是糖丸，一点儿药效都没有。"

“我有病！”我忽然抓狂，眼泪夺眶而出。

霍畅柔声说：“舒悦，你听我说……我给你讲个故事……很久之前，有个小男孩，和妈妈在塔林游玩，妈妈把他放在一个地方，让他在那里等她。他很听话，就一直等，可是左等右等，妈妈却一直没有回来。他很着急，于是动身去找妈妈，他走啊走啊，不知走了多久，越来越偏僻，等他意识过来，已经迷路了。”

他说的这个故事，让我突然想起在上海的夜晚，蓬头垢面的妈妈在公安局找到了我，她紧紧抓着我泣不成声。走丢的是我，可在疯狂寻找着我的妈妈比我要心焦百倍，只是，我好像从未体会过她的心情。

霍畅的声音很轻，很温柔，我开始平静下来，听他讲故事。

霍畅继续说：“那是一片荒郊，天已经黑了，他哪里也去不了，他不知道该怎么办，身无分文，只有一顶花环，是妈妈送给他的。他找不到回去的路，又累又困，怕得要死，蹲在地上，一动也不敢动。就在这时，他突然听到了咀嚼的声音，他抬起头，发现有一头和他一样脏兮兮的小驴，正在低头吃他花环上的花。虽然它只是一头驴，小男孩却得到了力量，他和驴做了朋友，一起走夜路，后来，他们回到了灯火璀璨的塔林。”

故事结束了。

电话里只有此起彼伏的呼吸声。

霍畅继续说：“小男孩很幸运，他遇到了他的驴。可是在上海的小女孩就没有那么幸运了。可她的幸运在远方啊，只要她站起来，一直走，一直走，拾级而上，就能看到黑暗中的那束光。”

我含着泪抬起头，霍畅说得对，在我头顶的地方，好像真的有天光。

我深吸一口气，腿脚突然有了力量，我扶着墙站起来，腿还是有点儿抖，我开始慢慢地走，举着电话问霍畅：“后来呢？男孩找到妈妈了吗？”

霍畅的声音很平淡，没有悲伤："后来，男孩才知道，原来是妈妈不要他了，妈妈把他放到警察局门口，让他不要走，她却去了很远的远方。她抛弃了自己的小孩。"

怎么可能有这么狠心的妈妈？

我想起了自己的妈妈，想起她的过度保护，不知为何，她往日令我厌烦的行为，竟然变得可爱起来。

我继续往上走，越走越快，终于，手机里的声音和现实中的声音重合——

"可是，男孩依旧很幸运，他在收养院里，遇到了爱他的人们。"

我抬起头，看到霍畅戴着灿烂的花环，手里拿着电话，对我微微笑。他向我伸出一只手，说道："你看，你到了。"

我抓着他的手，跳上观景台。

风声悠悠，整个塔林一览无余。再远的东边就是波罗的海，有一艘游轮正在靠港，呜呜鸣笛，带来远方的客人。

我心中有一种无法形容的宁静与开阔，我把手放在嘴边："啊——"我大喊起来，在这样的高空，我的声音瞬间被风声吹散，无处可寻。

"谢谢你。"喊完之后，我转过头，喘着气感谢霍畅。

霍畅摇摇头，拿下花环，放在我的头顶，说："没什么好谢的，是你自己跨过了心里那道坎，你啊，这是疑病症，只有靠自己才能克服心理障碍。"

我点点头，说："所以，你不会是我姑姑派来的吧？"

霍畅笑了笑，说："我们出来之前，你姑姑跟我说了你的情况，让我好好照顾你！"

我默默低下头："一开始，我情绪很不好，每天都从睡梦中哭着醒来，爸妈可能也实在没办法，才请刘医生出此下策的吧！唉，刘医生每次都笑眯眯的，没想到竟然给我开假药……"

我和霍畅同时笑起来，我实在没想到，我来塔林的第一天，这个少年竟然让我心中的那片阴霾散开了。我们从塔尖下行，逆着阳光，步步前进。在教堂的底层，笑容可掬的小火在那里等着我们。

尾声

后来，姑姑告诉我，爸爸把我送到塔林玩，不只为了让我散心，还因为妈妈要做一个小手术，怕我担心，才把我送出来。

十年来，我第一次没有想要远离妈妈，只想尽快回国，回到妈妈的身边——

做她的小小鸟，在她身边飞来飞去，正如她这十年中，对我始终不渝的爱。

被灌醉的小丑，演着不万能的喜剧

文◎巨龙蛋壳

图◎虚境游灵

你是我无法成为的人，那就让我帮助你始终成为你吧，被诱捕的小鸟。

1

沈优夏在作业本上板板正正地写下了“高三（6）班”，别人的课桌上摞着崭新的书和卷子，她的桌子却像是洗劫过后的战场，一轮用的优化方案，二轮用的能力培养，贯穿全局的《5年高考3年模拟》，都争先恐后地露出冰山一角。摊开的学案与测评里，还有一片来自去年的干瘪的叶子。

突然听见“砰”的一声，沈优夏吓了一跳，猛地绷直后背，转过头，先看到一个干瘪的书包摔在桌上，又看到一个男生面无表情地坐下了。

他瘦削，小麦肤色，带着点儿微微仰头的习惯，却不算傲慢。最醒目的是，他的脖子上挂着一副拳击手套。那是她和杜英骐第一次见面。

杜英骐转过头，看见沈优夏正举着语文课本，呆呆地看着他，于是他将右手的食指和中指并在一起，朝她晃了晃：“哟。”

杜英骐是正经的应届高三生，却满脑子不正经的心思，每天只想着退学打泰拳，被家里押送到学校里来，也要足足摆出一副不良生的姿态来。

沈优夏学习不算差，只可惜运气不太好，高考时发了高烧，最后一门科目时被抬出考场。

她是主动要求复读的，大不了从杯酒释兵权到四横四纵铁路通道再来一遍，爸妈怕她压力太大，没安排她去复读班，而是跟着应届的高三生一起再来一遍。

有一天杜英骐被历史老师叫起来，让他说说天朝田亩制度的意义，沈优夏躲在高高的书垛底下，小声提示他“是太平天国运动的革命纲领，反映了农民要求废除封建土地所有制的强烈愿望……”

杜英骐突然白眼一翻，倒在地上。

沈优夏吓坏了，最受惊吓的是历史老师。

她急匆匆地跑到杜英骐旁边，瞪着瘫倒在地上的杜英骐，脑袋里的思想大概从商鞅在渭河一日处决囚犯七百人到“两个强盗闯进了圆明园，一个强盗大肆抢劫，另一个强盗纵火焚烧，原来‘胜利’就是进行一场洗劫的两个征服者平分赃物”，直到有同学大声喊：“老师，打120呀！”

历史老师才慌乱地说：“我手机放办公室了……有哪位同学……”

立刻有很多人从桌洞、裤兜甚至是衣袖里掏出了手机。

就在这个时候，杜英骐动了动，慢慢从地上坐起来，说：“……抱歉，刚才好像睡着了。”

全班人哭笑不得，历史老师想要发火来着，不知怎么就笑了起来。

后来沈优夏偷偷问杜英骐是真的睡着了吗？

杜英骐说：“你要是觉得我是假睡呢，我就是演技真的好；如果是真睡呢，那就是睡眠质量真的好。你觉得是哪种就是哪种吧。”

沈优夏语塞。

这件事的唯一后续就是下课时，历史老师收拾好讲义，拿好茶缸，走下讲台之前悠悠来了一句：“刚刚上课那些拿出手机的同学哈……”一个只有主语的句子，却让很多人心里一寒，毕竟历史老师和他们班主任地理老师老王之间的友情是有目共睹的，虽不共枕眠，绝无隔夜话。

众多同学腹诽：钓鱼执法……

2

高三除了跑操，是没有任何体育活动的，偷偷带来学校的篮球一旦被发现，就会被没收。

杜英骐被连着没收了三个篮球之后，终于一点儿存货也没有了，有天沈优夏路过操场，看到杜英骐一个人在篮球场拿着一个可乐罐投篮。

那会儿正好是午饭时间，广播里放着万能青年旅店的《不万能的喜剧》，起头悠扬的大提琴让人想起万里雪原驰骋的鹰，他却唱着：“哎，愉快的人啊，与你们一样，我只是被诱捕的傻鸟，唉……不停歌唱……”

杜英骐投了一会儿可乐罐，大概也觉得很无聊，就去和隔壁场的高一生拼场，高一生狐疑地看了一眼他的校服，说：“师哥，你是高三的吧？我们老师不让和高三的玩，说被抓住了就没收我们篮球。”

杜英骐这才发现学校已经严谨到了百密而无一疏的地步，果然百年老校不是白叫的。

他看着手里的可乐罐，心想做这样无谓的抗争究竟有什么意义？一抬头，看见沈优夏拿着一个肉夹馍站在场边看着他。这女生总是这样，喜欢一言不发地盯着他，总是做出欲言又止的样子。

杜英骐撇着嘴看了看手里的可乐罐，抬起手挥了挥，问：“打会儿？”

沈优夏走过来，拿过可乐罐，叼着肉夹馍，对着篮筐比了比，微微屈膝，右手托着可乐罐轻轻一送。杜英骐心想：姿势真好看。

可乐罐应声入网。

“呃……挺厉害啊！”杜英骐有点儿惊讶。

沈优夏去把那个可乐罐捡回来，说：“以前有专门练过。高中时我想过要不要走篮球特招生来着，后来觉得学习成绩也还行，所以就放弃了。”

“那你是更喜欢学习还是更喜欢篮球？”

“就……”沈优夏看着手里的可乐罐，耸了耸肩，“都还行吧。学习也还行，篮球也还行，馒头也还行，肉夹馍也还行，选什么都好。”

这女生求生欲也太低了点儿吧？什么都还行是什么人生态度？似乎是察觉到了杜英骐不太满意的态度，沈优夏问：“那你呢？听说你特别想退学，有没有别的想做的事情？”

杜英骐说：“当然有啊，不然我那么想退学干什么。想……”说起自己的梦想，杜英骐犹豫了那么一瞬间，似乎在掂量对沈优夏说这件事的意义大不大，终于，他还是说，“想打泰拳。”

幸好，沈优夏的反应还算热情：“泰拳？我记得爱琴海顶楼有一家泰拳馆来着。”

“嗯，我就是在他家打拳的，我其实想打职业，爸妈不让，非让我上大学。可是到底有什么意义？”

“拿个文凭，好找工作吧，不然以后会后悔。”沈优夏给出标准答案。

“后悔也是我后悔，跟他们有什么关系？凭什么不让我做自己的选择？”杜英骐开始生气。

“先经济独立，再做自己的选择吧。”沈优夏继续给出冷酷的标准答案。

“你……”杜英骐瞪着她，最后泄气了，“跟你说你也不明白！”

“是啊，我不明白，反正我是那种要考大学，然后考研，最后工作的无聊的人。”沈优夏说。

这话说得杜英骐心里一痛，沈优夏是用很无所谓的口气说的，可是她明明才十七八岁，说话的口气却像是看到了自己30年甚至50年后的样子，是某个人的老婆、某个人的妈妈，运气好的话也许能成为某个人的上司，规规矩矩的，就像她在课堂上的表现一样。

“怎么这么……悲观啊？”

“我爸妈就是那么过来的，两人感情很好，让我觉得人生大概就应该是这个样子。”沈优夏说，“偶尔觉得幸福，偶尔觉得困扰，然后去年和明年的过法也许没有什么变化，你没有想过吗？十年后的自己会是什么样？也许就是年轻版的我妈妈。想明白这件事之后，就比较

看得开了。”

“看得开，那你为什么还复读啊？还不是心里不甘？”

“最后一张卷子没答，高考的时候。”

“……呃？”

两人一前一后走出操场，午后的阳光照在篮球上，掉落在路边粉粉蓝蓝的花儿上，坠入沈优夏和杜英骐的眼中。沈优夏转头看了看杜英骐，他在低头玩弄着那个可乐罐，皱着眉，似乎很不开心。他是那种永远都有活力有梦想，又不知天高地厚的高中男生，觉得自己有本事怼天怼地，无论是对学习还是对父母，永远都是一副高傲的态度。

就是不服啊。我才十八岁，凭什么服？

沈优夏看着自己的手指，因为吃肉夹馍，手指上油腻腻的，可能变成家庭妇女后，操持生活的双手也是这样的。

“也许心里还是有点儿不甘的吧，可又实在想不出有什么别的活法。”沈优夏不知道是自己心里想的，还是不小心说出了口，她看到身边的杜英骐突然停下了。

他转过头看着自己，手里紧紧攥着可乐罐，阳光在他们黑色的发上闪着金色的光。最一无所知的光，照耀着这天底下所有的不甘和无奈，让它们随着时间流逝，慢慢蒸发。

“你是笨蛋吗？”男生的手突然搭上女生的后背，让她转了个圈。

“干……干吗？”

“带你去个地方。”

男生推着女生的肩膀，往教室相反的方向走去，女生挣扎着想要拒绝，最终还是被男生推得越来越远，脱离了既定的轨道，越来越远。

与你们一样，我只是被诱捕的傻鸟，被人生诱捕的傻鸟。

3

虽然还不是周末，爱琴海购物商场依旧是南麦最热闹的地方，杜英骐和沈优夏来到顶层电影院旁的那家泰拳馆。

馆中的大部分场地铺着黑色塑料垫，在最里面的地方有一个围绳圈起来的蓝色擂台。

场地中央教练正在授课，学员随着教练简单的口号进行拳击、膝击和肘击。馆长在不远处，倒提着一个黄色塑料棒走来走去。

中午是孩童训练时间，教练正跪在地上，小孩在口令中一下一下踢着教练手臂上的护垫，虽然年纪尚小，却已经一板一眼，踢击和呼吸井然有序，是看似野蛮却富有文明美感的竞技体育。

店员看到杜英骐，笑着打了声招呼，问："不是正在上课吗？"

"午休呢，过来看看。"

"你爸特意来跟我说了，不让你上课时候来呢。"

"别管他。"

"哟，这位是……"

"我同桌，优等生。"

"哦，是吗？"

沈优夏拘谨地站在一边，看着杜英骐熟稔地和店员们攀谈着，不自然地捋了捋头发，杜英骐恰到好处地拉过沈优夏，说："来试试呗，打两拳。"

"不了不了。"沈优夏连忙摆手，"我运动很差。"

"没关系的啊！"杜英骐自己已经脱了鞋，蹦到垫子上，一个劲儿朝沈优夏招手。

沈优夏掐了会儿手，也慢慢脱了鞋，走到垫子上。杜英骐把她领到几个倒悬着的大沙袋前，上来就是一腿侧踢，沙袋纹丝不动，但发出极其惊人的闷响。

"就随便踢踢试试！"

沈优夏耸着肩站了一会儿，才鼓起勇气，往沙袋上踢了一脚，沙袋立刻来回晃动起来，沈优夏也疼得弯下了腰。

杜英骐一手按住晃动的沙袋，笑着说："用脚背上面那里踢，要把胯翻起来。"

沈优夏揉了揉脚踝站起来，打算再试一脚，她突然瞪大眼睛，吃惊地望着杜英骐的身后。

"啊——"

杜英骐不解地扬了扬眉，顺着沈优夏的目光转了一下脑袋，可是已经晚了，那个人已经无声无息地溜到了杜英骐身后，猛地扣住杜英骐的颈部，向外一翻，勾住脚一送，杜英骐整个人朝斜后方飞倒在地。

偷袭的那个人站在那里叉着腰哈哈大笑，朝着杜英骐勾了勾手指。

杜英骐捶了一下地板，刚爬起来，那人转身就跑。"无赖！"

杜英骐对着他笑骂着追上去，两人纷纷翻进围起来的蓝色擂台，在垫子中间摔打起来，像两头精力充沛的小兽。

店员和沈优夏在场边坐下来观战。

店员笑着说："小杜来馆里快两年了吧？第一次好像也是路过的，才来就和馆长打了一次，真是被教训得一点儿脾气都没有了。不过那不久之后，馆长就给他报了比赛，代表拳馆出去打业余联赛。"

"嗯……馆长还是很认可他的实力吧？"

"可不是，小杜是打架好手啊，不过很没章法，最开始，练习中小杜只能做一件事，就是挨打。而且不能还手。那会儿狂练基础，蹬墙、牙提重物、顶膝什么的。他每天要练五组沙袋，要命的那种，一般人练两组就躺了，最变态的事情在这里——馆长不让他喝水！前三组的时候再累再渴顶多含一口水，只有做完三组之后才能喝水……那种变态练法，小杜都挺过来了，看来他是真的很喜欢啊！"

"嗯……"疯狂喜欢着一件事情，对她来说，是很难想象的，那甚至是一种令她羡慕的天赋。

"他业余比赛的成绩很好，他自己想走职业，我们拳馆也都很支持他，可惜他爸妈觉得这不是个出路，非让他上大学。"店员说。

沈优夏望着还在场子中间摔打的两人。

汗水从杜英骐的发梢飞落，他的视线牢牢锁住对手，脚下点地，身体后仰、胯向前送的同时抬腿蹬去，这一蹬化去暴力的能量，更多的是试探距离，一蹬之后立刻收回，紧接着是一个扭转胫骨的横扫组合技。

野兽捕猎般专注，眼睛里是光，和那个拿着可乐罐无聊投篮、回答问题到睡着、戴着耳机面无表情看着她的杜英骐判若两人。

不再是笼中困兽，他成了玩味的猎手，穿梭在黑暗丛林里，手中点燃烟火，游刃有余地引诱着其他野兽。

杜英骐看了一眼时间，突然叫了一声，和对面那人说了一声什么，匆匆朝沈优夏走来："快走快走，要上课了。"

沈优夏愣了一下，才说："我还以为你会主张逃课呢！"

杜英骐"哈"了一声："饶了我吧，大小姐，你是优等生啊，我哪敢污染你。"沈优夏坐着没动，杜英骐伸手把她拽起来，又把她往场外推。

这家伙真有意思，一会儿把她推去这儿，一会儿又把她推去那儿。

两人逃命一样跑出购物中心，打了辆车，总算在上课铃响之前赶回学校，气喘吁吁地坐在座位上，好久都没喘匀。

经过这么一折腾，下午第一节课杜英骐睡得格外香甜，沈优夏强打精神，在手心里掐红了一大片，总算是熬过去了。

伴随着下课铃声，杜英骐从甜美的梦乡中醒来，他吧嗒着嘴巴转过头，睁开眼，看到沈优夏正扭头看着他，依旧是那样无言地凝望。

杜英骐习惯了这种凝视，对着沈优夏抛了个媚眼，头一歪准备继续接受周公的邀约。

蒙蒙眬眬中，他听见沈优夏问："你会考通过了吗？"

"呃，还没，挂了四五门吧。"

"今年12月还有一次补考，加油考过吧。"

"……嗯。"

“考过了，拿到毕业证，就去打职业吧。”

“……嗯？”

杜英骐彻彻底底地醒了过来。他瞪着沈优夏，仿佛听见她刚说了一个天大的笑话。

4

沈优夏和杜英骐一起盯着桌子的正中央，那里有一张流程图。

沈优夏拿出一支笔，指着流程图开始的地方，说：“根据你先前说的，你爸妈从没真正看你打过泰拳，不知道你的真实水平。那么，你先带着你爸妈去看你打一次泰拳，如果他们受触动了，那么YES（是的），打职业，否则NO（不），进入下一步，你告诉爸妈只要让你打职业，你就一定通过会考，至少拿到高中毕业证，如果有效，YES，否则，NO，进入下一步……”

流程图上写满了YES和NO，但是按照流程图的步骤走，最终都会指向“打职业”的结局。

杜英骐为这井然有序的操作流程感到目眩神迷。

“要实现你的目标，现阶段最容易开始操作的就是这一条，”沈优夏在其中的一个框框上打了一个五角星，“通过会考补考并不难，只要抱着差不多的心态就可以了。”

那我们对“差不多”可能有不同的理解。杜英骐腹诽。

他看着自己眼前崭新发亮的书，有些头痛地撑起额头，上下两片睫毛又忽闪忽闪地交织在一起。

“别睡啊！想想你的职业比赛！”

杜英骐猛地睁开眼，狠狠地扫了一遍眼前的书，从上看到下，眼神越来越温和，两片眼皮又开始彼此呼唤……

看着杜英骐就这样坐着睡着，沈优夏总算是相信当时他在历史课上站着睡着是真的睡着而不是演技了。

自习课上，地理老师老王拿着和历史老师同款的茶缸从教室后门溜进来，无声地在教室里巡回，当他走到杜英骐的背后时吓了一跳。

只见杜英骐正对着政治试卷奋笔疾书，脑门和笔之间还连着一个橡皮筋，一旦笔停止挪动，一段时间后，橡皮筋就会从笔帽上脱落，弹到脑门上，他的脑门上已经有了数道红印。

下课后，老王把沈优夏叫到办公室。

“杜英骐是家里出了什么事吗？”

“好像没有吧。”

“被同学欺负了？”

“没人敢欺负他吧。”

老王忧心忡忡地让沈优夏回去了，他实在是想不明白，摇了摇头。

同样不相信杜英骐会改邪归正的还有他爸妈。

杜英骐让爸妈去看他打泰拳，爸妈不去，杜英骐又说只要让他参加泰拳比赛，他就一定通过会考。

他爸妈嗤之以鼻。“你要是能学习我就跟你姓！”他爸爸是这么说的，但，这话并不搞笑。

“你得表示表示，让他们知道你的决心。”沈优夏说，“比如立个状，或者写个合约什么的，证明你真的会好好学习。”

杜英骐若有所思，沉重地点了点头。

过了一个周末，回来时天一下子冷了，耐不住寒的人直接在校服外面套上了棉袄，被老师呵斥之后，又在棉袄外面套上校服，像头熊一样横穿在校园里。

杜英骐也戴了一顶很扎眼的粉色绒线帽。

前两节语文课连堂时老师忍了，跑操后的第三节数学课老师也忍了，第四节历史老师没忍住，把杜英骐叫起来，说古时男儿二十岁行冠礼，由族中长辈为其戴帽，从此担负家庭、宗族和国家的责任，问杜英骐这顶帽子戴着的意义是什么。

全班一阵哄笑，杜英骐咳嗽一声，把帽子摘了下来。

全班先是“啊”一声，再是“哇”一声，最后哄堂喧闹起来。

杜英骐对着大家挤眉弄眼，对这反应很满意。沈优夏张大嘴巴，看着杜英骐那亮晶晶、宛如刚剥好的鸡蛋的光头，打了个寒战。

历史老师说了一句杜英骐“哗众取宠”，让他坐下了。

杜英骐坐得笔直，光溜溜的脑袋在教室里闪闪发光，让人睁不开眼睛。

下课后，男生们争先恐后地路过杜英骐，摸他的光头。

杜英骐伸出手，摸一下给五毛钱，还真有人丁零咣啷朝他扔硬币。

“你搞什么？”沈优夏无奈道。

“是你说的啊，让我表示表示。”

杜英骐用一个很妖娆的姿势对着沈优夏，沈优夏先是看了他一眼，然后发现自己实在是无法直视杜英骐那光光的脑门，于是做了一个五官聚集在一起好像吃了一桶臭鲱鱼罐头的表情，转回了头。

班里艺考的女生也跑过来要摸杜英骐的头，杜英骐来者不拒。

女生一边摸一边发出好玩的尖叫。过了一会儿，杜英骐问沈优夏：“你想不想摸？”

“不要。”沈优夏迅速地回答，“绝对不要。”

还好男孩子的新陈代谢总是很快，似乎没做几十套试卷的工夫，杜英骐的头上就长出青青的毛楂，很扎手，摸过杜英骐光头的人都怀念起那光滑如婴儿皮肤般的手感。

5

进入了“春困秋乏夏打盹”之终极“睡不醒的冬三月”，杜英骐醒来的速度远远比不上睡过去的速度，他开始寻求同桌的帮助。

“你看到我睡着了就拍我一下。”

下课之后。

“喂，你怎么不拍我啊？”

“我拍了，手都快拍断了。”

“那你下次拿笔戳我。”

解决方案逐渐演变成——

“这样，你掐我，掐我总行了吧？”

“掐胳膊没用？那就掐脸，你看哪里嫩掐哪里。”

“圆规，我从家刚带来的，你用尖的那头戳。”

后桌的两个人一脸无语地摇了摇头，快来听听这变态级别的请求。

临近会考补考那几天，杜英骐的桌子上摆满了红牛、宝矿力、士力架等补充能量的饮料和食品，每天穷凶极恶的样子好像是要去干翻巨人相扑手一样，连应援口号都从“我是要成为海贼王一样的男人”变成了“我是要成为欧鲁迈特一样的男人”。

会考那天在周末，高一学生放了假，高三的照旧在学校里上自习。

沈优夏从宿舍里走出来，一片雪花落在她的睫毛上，不知怎么沈优夏就想起了小学时写的日记。

她用蓝色钢笔写的，“雪像糖那么甜，看着也像”，多年后再翻起来，才发现蓝色钢笔水褪色那么厉害，字迹几乎已经看不清了，怪不得用钢笔的人越来越少。

杜英骐的书本都还没收走，乱七八糟地摊在桌子上，还有各种各样的自虐防睡工具。

沈优夏写了会儿题，觉得没有一个庞然大物倒在旁边睡觉，有点儿冷冷的，不禁怀念起那个聒噪而自恋的声音，还有绒线帽。

会考结束的第二天是职业联赛的第一天。南麦成为一个分站点，地点就在商场的拳馆中。

拳馆被布置一新，店员甚至在门口贴了一副鲜艳的对联。

拳馆早已人潮汹涌，虽然很大程度上是因为“观众享有自助餐”，一群吃瓜群众在招待长桌前蹭吃蹭喝，顺便了解一下泰拳。

赛前祈祷仪式开始了，杜英骐头戴蒙空走上拳击台，双手合十举在额前，围着擂台转圈、起舞。

虽说泰拳号称500年来不败的最强站立格斗技，但它在刚硬中更带着一种柔韧，像舞蹈一样，飞膝、飞腿都如蝴蝶起舞般舒展。

示威环节时，杜英骐假装自己扛着一个火箭筒，连连向对方发射，全场一片哄笑。

裁判走入台中，宣布比赛即将开始。杜英骐走到擂台的一角，馆长等在那里，为他戴上护齿，双手抵着他的额头，念念有词道："Be strong, be fast, always be the best!（要强壮，要快，永远做最好的！）"

他为杜英骐摘下蒙空，拍了拍他，语重心长地说："去吧，把他给我打到起不来！"

杜英骐大喝一声，走上拳台，蝴蝶骨上的肌肉聚合又张开。

光线闪耀，他的肩上落了太多的星光，沈优夏站在人潮之中，挎着的包里是一沓厚厚的试卷，她打算看完比赛找个咖啡馆做题。

而此刻，她感受着欢呼、汗水和四面八方涌来的光。

她想起杜英骐刚剃光头之后的一个周末，她被杜英骐拉去拳馆，并意外地看到了杜英骐的爸妈。

杜英骐毫无征兆地让她劝服他爸妈，她窘迫地想了很久，才对他们说："比起叔叔阿姨，我的见解也许很浅薄和幼稚，可我知道我将是一个按部就班读书上大学，毕业后可能参加工作，再结婚，按部就班把孩子养大的无聊的人，想起来就让人觉得很沮丧。可是看到杜英骐，却总也猜不透他以后会变成什么样的人，很好奇，也很羡慕。大学文凭也许很重要吧，可当大学文凭成了每个人必经的结局时，又会觉得这个世界就要没什么新鲜感了吧？如果叔叔阿姨认真看过杜英骐打拳，也许能感受到他想说的话，和他将来要走的路……不，是一定会感受到。"

因为她感受到了，杜英骐无法通过语言所传达的那些话。

叔叔阿姨吃惊地看着她，似乎没想到这个看上去文文静静的学生，能说出这样的话，他们没有赞同她，也没有否认她，只是和她并肩站着，看完了杜英骐和队友的泰拳练习。

此刻，拳击台上的杜英骐举起戴着拳击套的右拳，在心口按了按，他知道，支持他的队友、同学和父母就在台下，注视和祝福着他的启程。

——Be my friend, by my side, right my wrongs.（做我的朋友，在我身边，纠正我的错误。）

你是我无法成为的人，那就让我帮助你始终成为你。不要做那个被灌醉的小丑，演着那不万能的喜剧。

明星直播间

超级明星组团来，

倾心讲述“少女心经”

何炅与谢娜：亲爱的“路人”

文◎清　尧

一次节目录制中，谢娜冷不丁问了一句：“何老师，如果有下辈子的话，你希望我是你的什么人？”何炅慵懒地“瞥”了一眼谢娜，笑了笑，说：“路人。”

众人捧腹大笑。这已经不是何炅第一次说出类似的话了，何炅接受采访时，曾说，早知道会跟娜娜认识，当初就应该保持距离。

1

十七年前的一个夜晚，何炅应邀参加一个圈内聚会，地点在一家KTV（练歌房）。车况不佳，时间有些疏漏，等他到的时候，聚会已经开始许久。他推门走进包厢，映入眼帘的是一个女孩，正在桌子上又蹦又跳，唱得十分起劲，似乎沉浸在了自己的世界中。

一次偶然的相识，他记住了这个女孩，笑得天真烂漫，勇敢地活成自己想要的模样，这在复杂的娱乐圈中，是多么难能可贵。

渐渐相识，在她的身上，他看到了更多闪闪发光的品质，作为一个普通家庭出身的北漂女孩，她比其他人需要付出更多的努力，没有出挑的相貌，没有过人的学历，只是凭借着对表演的热爱，便一腔热血地冲上前。当《快乐大本营》节目主持人李湘离开主持岗位，何炅第一个想到的人，便是谢娜，虽然她毫无主持经验，可是那股普通女孩所不具备的拼劲，让他记忆犹新。于是在他的力荐下，谢娜获得了这个宝贵的机会。

初入主持舞台，谢娜对于一切都无所适从，她拼命地想融入，拼命地想做好，却似乎有些用力过猛。游戏环节，她“装疯卖傻”引来一片群嘲；嘉宾采访她突然自嗨大笑，令场面不由得有些尴尬。那时候的她，太想做好，因为似乎只有这样，才不会愧对何老师的帮助。结果令人失望，越来越多的反对声音，节目的收视率也下跌明显，在濒临崩溃的时候，她原本想要大哭一场，可看到陪伴在身旁的何老师，节目前一遍一遍陪着她顺台本，她突然觉得什么都不害怕了。

怎么被诟病，便怎么证明自己真的可以——这是何老师教会她的。谢娜总是笑着说，何老师就是洞庭湖的老麻雀。笑着笑着，眼角就泛红，不就是这一只“老麻雀”，用他丰厚的羽翼，呵护着自己，才让自己不会遭受生活的摧残吗?

谢娜永远忘不了，刚来长沙的那段时光，日子紧巴巴的，没有足够多的收入支撑开销，她买了一套小房子，花了大半积蓄，于是连买家具的钱都掏不出来，大概是北漂惯了，随便垫个垫子便也能对付度日。可当何炅带着一帮朋友来家里做客时，她还是不由得有些不好意思。情商极高的何老师一眼看出了她的窘迫，却丝毫没有点破，只是回到家后，把自己家中的床和桌子送给了谢娜，借口要换一套新的——既不让她觉得无功受禄，又能照拂她的体面。

2

从主持新人，到如今的当红主持人，谢娜用了近十年时间。而这漫长的时光里，何炅一直陪伴在她的身旁，看她平地起高楼，又能在她高楼将塌之时护她周全。

在谢娜的印象里，有两次崩溃，险些跨不过去。

一次是排练话剧《暗恋桃花源》，主演之一的黄磊，作为北京电影学院的老师，要求很是严格，排练过程中，他认真地训导谢娜，想让谢娜多点儿人生经历和厚度，这样才能提升话剧表演能力，可当他一开口“娜娜啊，你人生浅薄……”，刚说出这句话，谢娜立马崩溃大哭，一面哭，一面反驳道“我怎么浅薄了？我来自一个普通家庭，靠自己努力走到现在，没有背景是我的错吗”？这一段反驳看似和黄磊的训导并无关系，甚至在普通人看来有些过于矫情，还有些莫名其妙，可一旁的何炅闻言，非常心疼，竟陪着谢娜一起大哭起来。

两个人把整个房间的纸巾全部用光了，就连酒店的床单都哭湿了，何炅清楚，娜娜这一路走来，最怕听到的便是“浅薄”这两个字。她从小城出来，没有学习过多少专业知识，总是被嘲弄什么都不会，肤浅一词如同锥心的利器，而这几年来，娜娜吃过多少苦，旁人可能并不如自己清楚，因为天资不足，便要付出更多努力，为了取悦观众，她台前哈哈大笑，台下焦虑失眠，如果说这样的经历还算浅薄，那他都要为谢娜鸣不平。

两个人哭得脸都肿了，眼睛里含着泪，看着彼此荒谬的样子，又不由得破涕大笑，那一刻，黄磊突然有些感动，他笑着说：“友情其实很简单，不过是在你难过的时候，能有同理心，感受你的痛苦，陪你一起流泪。”

还有一次险些受到众人讨伐。是在参加舞蹈竞技类节目《舞动奇迹》，那时候谢娜突然蹿红，从不知名的新人主持一跃成为国内首屈一指的综艺大咖，而似乎心态也在那个时候，慢慢产生了一些变化。

一期节目中，评委老师指出谢娜在舞蹈节奏上存在一些问题，并打出了全场最低分，心有不平的谢娜一瞬间失去了理智，和评委老师发生了冲突。这一事件爆发后，瞬间引发了网络热议，一场口水大战当即爆发，成千上万的网友口诛笔伐，声讨着谢娜。

高楼将倒之际，很多人离你而去，朋友却始终陪伴身旁，作为这档节目主持人的何炅，首先尽可能地安抚双方当事人的情绪，尽可能地在节目中打了圆场——“艺人也是人，他们也有喜怒哀乐，如果让一个艺人永远都像一座雕像一样面带微笑面对观众，我想我们更喜欢看到他们的真性情，看到他们的情感流露”；一面跟谢娜进行了一番深聊。

每个人都会经历人生的上坡和下坡，下坡不颓，上坡不傲，才能长久地走得更好。作为朋友，何炅不愿意看到她走错路，更不愿意看到那个勇敢努力的女孩，变成她自己曾经最讨厌的模样。

一番深谈之后，谢娜在博客上发表了道歉声明，并在次期节目中，当众向评委老师和全国观众道了歉。后来回忆起那次道歉，谢娜依旧有些哆嗦，上台前，何老师突然给了她一个拥抱，似乎就有了勇气。

“成年人要勇敢面对自己犯的错误”，所以她勇敢地迈出了一步，可是时隔多年，再想想，她依旧坚信，如果不是友情做后盾，大概怎么都没有这样的胆量。

3

时光飞逝，谢娜遇到了自己人生的另一半。

面对女人生命中两件重要的大事——婚姻和怀孕，诸多媒体预测谢娜将要阔别《快乐大本营》的舞台。甚至有一期节目中，还对“谢娜该不该去生孩子”这一话题进行过辩论，游戏进行到最后，所有嘉宾都沉默了，何炅看着镜头，笑了笑，说：“很多人都在说，如果娜娜怀孕离开了，那大本营怎么办？但我觉得，每个人在当妈妈的时候都是人生中最幸福的时刻。所以快乐家族的态度是，无论娜娜生不生孩子，快乐家族永远有她的位置，如果她要跟我们永远站在一起，我们当然开心；如果她因为要当妈妈而离开我们一段时间，我们也会永远留一个位置给她——永远。”

“永远”这个词看起来有些荒诞又不切实际，但似乎，如果是谢娜和何炅，一切好像真的有可能。尽管节目中两人总是互怼，一个被嘲是洞庭湖的老麻雀——精明得很，一个被笑抠到家，但这些年，所有人都能看到他们两人的羁绊。

刚刚过去的《快乐大本营》20周年的采访里，何炅含着泪诉说自己对谢娜的感情："感谢这些年你带给我的快乐，反而我不希望你长大，你给我添多少麻烦都没问题，我觉得你就是让我可以无穷尽地去寻找生活动力和热情的人。"

而这样的感情，谢娜又怎么会不知道呢？

所以那一期节目里，当听到"路人"二字时，谢娜故意板着脸，神情之中却似乎丝毫没有不悦之色，只是平静地看着何炅，她知道，对于这个路人，何老师一定有他自己的解释。何炅顿了顿，说："一路走下去的人。"

众人不由很是感动，一向嬉闹"疯魔"的谢娜，眼中都似乎微微泛起了泪光。

都说有一种友情叫何炅谢娜，可是谁又知道，这么多年来，友情早已酿成亲情，所有的联系似乎融入了血脉之中，而今大抵是有一种亲情叫何炅谢娜。

未来的路还很漫长，未来的人生还很艰辛，但谢娜和何炅都清楚，亲爱的路人，会珍惜彼此。

杨紫与张一山：最好的风景，是与你同行

文◎闫晓雨

一、有些人，永远都走不散

娱乐圈光怪陆离的传奇故事听多了，那些最终从内心深处打动我们，令我们感同身受的其实更多的还是温暖平淡的小事，像杨紫和张一山的友情，涓涓流水般，浸透在他们的年少时光里，也因而增添了大众对于明星日常生活的亲切感。

初识，成为彼此懵懂的玩伴；久处，成为对方一路相伴的灵魂知己。

从锦绣年少到各自在娱乐圈里凭借实力光彩夺目的后青春期，杨紫和张一山的感情，特别像我们生命中那些曾经出现过的朋友。

有的或许早已消失在我们的生活轨迹当中，有的仍然以笃定而隐形的姿态，默默陪伴在我们身边。

为什么大家这么喜欢看杨紫和张一山一起出现？那是因为他们的友谊总令我们相信：有些人，永远都走不散。

第一次认识杨紫和张一山，是在2005年《家有儿女》这部火遍大江南北的情景喜剧里，温婉可人的姐姐“夏雪”和调皮捣蛋的弟弟“刘星”，是一对每次出现都让人忍俊不禁的好搭档。

那时候的张一山看起来还是个瘦弱的小男孩，个子不高，干巴巴的，但是演技灵活，把刘星身上的那股子皮劲儿演绎得淋漓尽致。

相比之下，作为同龄女孩的杨紫要更成熟一些，一颦一笑，眉眼之间，初具少女的羞涩与清秀形态。

虽然戏里张一山要喊杨紫姐姐，但现实生活中，其实张一山要比杨紫稍微大几个月。

剧中他们的相处模式真是一对欢喜冤家，小吵连连，大吵不断，在剧组里的生活可谓是其乐无穷。

所以最终呈现在大众面前的这部情景喜剧，是有血有肉有生活的，他们也一度成为观众眼中最有潜力的童星。

戏外，两个人的缘分从姐弟亲情变成了同窗之谊。

初中时，杨紫和张一山考取了同一所中学。2010年，两个人又共同考入了北京电影学院表演系，成为同班同学。

两个人都逐渐摆脱年少的青涩，成为独当一面的大人，但唯一不变的，是两个人的友情。

微博上的互相调侃、活动现场的互怼、每年生日的彼此祝福……每一次同时出现，都会引起网友的热烈讨论。大家都会感慨，这对“姐弟”的感情是真的很好啊！

还记得有一年，杨紫做客某脱口秀栏目，当时主持人让杨紫连线张一山，在电话里询问张一山跟自己属于什么关系，张一山回答说“是哥们儿”。

而坐在现场的杨紫回忆两个人这么多年来所共同经历的许多事情之后，说他们之间有冥冥当中的缘分，“张一山的存在，像是另一个亲人”。

从玩伴到朋友，从知己变成亲人，这个过程并非一朝一夕，而是两个人这么多年以来彼此之间的信任陪伴所绵延积攒而来。

梧桐森森，庭院重重，在庞大纷杂的娱乐圈里，身边有这样一个亲人，大概是他们彼此生活的底气吧！

二、十年来的变与不变，你都在身边

前两年有句话特别火，叫“愿你出走半生，归来仍是少年”。

其实“初心”是个很难界定也很难长久保存的东西，许多人在出道以后会面临种种困境，这是一条看不清楚的路，中途会有迷雾，会有未知障碍，如果你走过去了就是新生，如果你没走过去，可能就永远迷失在理想的森林中了。

张一山和杨紫之间的感情无疑是令人羡慕的，一起长大，互相扶持，一起见证彼此那些重要的时刻。不管他们平时如何互怼，但每一个重要节点，他们都在为对方加油打气。

2005年，《家有儿女》红遍大江南北，“刘星”和“小雪”姐弟相爱相杀，赚足了我们的笑点和泪点。也让我们记住了两个名字：张一山和杨紫。

十年后，张一山凭借网剧《余罪》，火得一塌糊涂，他摆脱了以往单一的戏路，不再只是那个淘气又贫嘴的小男孩，他可以承担起更加层次丰富的角色。而杨紫在《欢乐颂》里饰演的“邱莹莹”同样带给我们惊喜。这是两个人事业的新起点，他们都在各自的世界里闪闪发光，却又在交会时，碰撞出不一样的奇妙火花。

2016年《微博之夜》的颁奖典礼上，杨紫和张一山分别凭借《欢乐颂》和《余罪》获得人气奖。两个欢喜冤家携手出席活动，全程打打闹闹，就跟玩儿似的，就算面对媒体镜头，二人也毫无拘束感，依然亲昵得像隔壁班的一对同桌。

在拍照区，二人拍照时听见一个声音，张一山笑着逗杨紫：“你打嗝了？”

原本一本正经的杨紫瞬间被逗乐，脸都红了，开始冲着张一山一顿胖揍，追着他打。那一刻，直播间的用户都开始惊呼，仿佛看到了小时候夏雪和刘星追着打闹的画面。

过了一会儿，张一山求饶道：“你注意形象，你现在可是小花旦。”

杨紫不服气地说：“我才没打嗝！”

张一山开始绅士地打起了圆场：“对，是我放了个屁。”

在这个小小的互动插曲中，张一山逗杨紫，又一直让着她，再也不是当年只会惹姐姐生气的刘星了。

而杨紫佯装生气，实则毫不介意，只有两个熟到毫无芥蒂的人才可以这样开玩笑吧！

之后每一年的《微博之夜》，大家都格外关注这对好朋友。

有时候是张一山戏谑杨紫裙子下面穿毛裤，杨紫不服气地打张一山，大家被乐得前俯后仰；有时候是两人共同接受采访，张一山始终宠溺地看着身边的女孩，杨紫非常自然地帮他拿着话筒。

即便偶尔互怼，但每一次的眼神交流都充满默契。

还有更多时候，两个人同时出现在公开场合时，我们所看到的都是张一山怕杨紫绊倒，一直跟在后面小心翼翼地为她弯腰提着裙摆，并不时提醒杨紫小心。

温柔的动作，如同春日林荫下看到的漫画。

十年来，人生变化无常，我们都不再是当初那个毫无压力的少年了。但还好有你，陪在我身边。一如既往地坚定地和我共同面对这繁华人间。

三、好朋友不仅是同行者，更是精神世界的助力者

如果说友情有最好的模样，那一定就是杨紫和张一山这样吧？

特别令人感动的是，在杨紫24岁生日的时候，张一山曾发微博说：就算有一天全世界都背叛了你，我也会为你背叛全世界。还有，都二十四了，找个好人嫁了吧。要不他们老觉得咱俩有事。生日快乐。

一句“就算有一天全世界都背叛了你，我也会为你背叛全世界”充满江湖侠气，也让人不禁联想到，自己生命中那个最好的朋友。

笃定、信任、永远站在你身边，这才是友情应该有的姿态。

其实，看过《家有儿女》的人会有印象，在第54集里，夏雪穿着成人服饰在逛街时，被社会上的轻浮小伙子欺负，刘星立马冲了出去，拿起双截棍和小流氓格斗，为姐姐出气，保护自己所爱的人——

现实生活中的张一山和刘星一样，虽然平时嘴贫，喜欢和杨紫吵架，但在杨紫遇到困难时，一定会选择站在她身边，倾其所有帮助她，更不允许别人欺负她。

十多年过去了，小男子汉成长为大绅士，邻家少女成长为新生代独立女性。

当好朋友杨紫发微博略显心情沮丧时，张一山会鼓励她“不要在乎那些不需要你在乎的人和事，在乎在乎我们这些爱你的人好不好？我们想让你开心点儿，幸福点儿……剩下的好像都不重要”。

对张一山来说，他最想看到的就是杨紫的笑容吧。

当然，这份感情能如此纯良持久，和两个人对于梦想的执着追求有着分不开的关系。

从学习到拍戏，他们对待事业和学习一样认真，一样充满好奇心，有自己的想法和抱负。

杨紫看似大大咧咧，但在事业上是有野心的，从《战长沙》到《欢乐颂》，每一次对不同类型人物的挑战都是一种自我完善。

而张一山，虽然出现在大众眼里的时候好像看起来玩世不恭，但对演戏，他比谁都认真。所以才会有那么多的网友把他称之为“90后演技派的扛把子”，也确实很符合张一山的感觉了。

两个看似性格完全不同的人，凑到一起，却异常默契。

本质上还是因为他们三观契合，在对于事物的看法和追求上有着同样的执着，一样努力，一样善良，一样在面对这个浮华娱乐圈时，选择了忠于自己的内心，从未随波逐流。

在需要的时候，为对方挺身而出，平常也不会拿感情来大做文章。

他们的感情如同一杯水，平淡无奇，然不可或缺。

也有不少人曾把两个人的关系往其他方面靠。有次采访，记者笑问张一山：“杨紫是你的菜吗？”张一山机智地回答：“她是我的馒头，是主食。”

其实，不必对于异性朋友有过多剖析，每个人生命中都会出现一个很好的朋友，陪你哭，陪你笑，在你难过的时候安慰你，在你无助的时候拥抱你。

这个人可能是同性，也可能是异性，但最重要的是，你们一路同行，成了彼此眼中最值得欣赏的风景。

现在是女生时代！③
女生都是小怪物
现在是女生时代④
嗨，女孩
现在是女生时代！⑤
女生有七种"超能力"